El escriba del faraón

EL ESCRIBA DEL FARAÓN

Agustín Hurtado

© 2015, Agustín Hurtado

Diseño de portada y maquetación: Montse Gamero

Corrección: Amelia Padilla

ISBN: 978-84-617-8587-2

Dedico este libro a mis ausentes.
A todas esas personas que se alegrarían
conmigo de mis logros
y se entristecerían con mis pesares.
No voy a dar nombres: los que me conocen,
los que aún están aquí conmigo,
saben perfectamente quiénes son.
Conocen mis pérdidas de aquellos seres
queridos que, de una manera u otra,
he ido dejando por el camino de esta vida
que me ha tocado vivir.
Estéis donde estéis, ¡va por vosotros!

Lo que la vida nos depare habrá que agradecerlo,
sea bueno o malo; habrá que agradecerlo,
porque para que la vida nos depare algo
es imprescindible estar vivos.
Por eso dedico este libro a la vida
y a lo que esta nos depare.

ÍNDICE

SEGUNDA PARTE: LOS LIBROS

EPÍLOGO

INTRODUCCIÓN

Hace unos 3 500 años, cuando Europa no era ni siquiera un nombre en un mapa, cuando nuestros ancestros hacían toscos monolitos como monumentos a los dioses, en el norte de África, a orillas del Nilo, florecía una de las más espectaculares culturas jamás conocida: el Egipto de los faraones. El Egipto donde reyes y dioses se fusionaban en una misma entidad. Una cultura, la egipcia, que hoy nos puede parecer «primitiva», pero que en aquel entonces era la más importante del universo conocido.

Si la expresión «señor de vidas y haciendas» se aplicó al feudalismo, y el poder «omnímodo» que poseía el faraón, a las dictaduras, ambos términos son anacrónicos referidos al antiguo Egipto.

El faraón era dios y rey en una misma y única pieza. Este rasgo se repitió en diferentes culturas y se fue arrastrando hasta bastantes siglos después. Recordemos la procedencia divina del poder de los reyes, la coronación por parte del papa o la Iglesia anglicana.

Creo que siempre que debamos enfrentarnos, tanto el lector como el escritor, a una reconstrucción de un período lejano en el tiempo, o a una sociedad que se rige por otros cánones, hay que modificar la perspectiva y tratar de ponerse en aquella situación para intentar entender cómo sucedieron o cómo pudieron suceder determinados hechos.

Recuerdo un viaje que hice a Egipto. Los que allí acudimos comentábamos el enorme tamaño que tuvieron en sus tiempos los jardines frente al templo de Hatshepsut, equiparables a los de Versalles, más o menos. Disponían de un lago sagrado conectado con el Nilo y se hallaban repletos de las más exóticas plantas de la época. Sin duda, el aire estaría perfumado por las flores y por los árboles de mirra que hicieron traer de lejanos países. Hoy no queda nada de todo aquello y las descripciones que encontramos son, probablemente, insuficientes. Ante las explicaciones que nuestro guía hizo de lo que allí hubo en la antigüedad, surgió una voz de entre nuestros acompañantes que puntualizó, con cierto rechazo, que toda esa magnificencia era solo para el disfrute de unos pocos. Efectivamente, en aquella época no había jardines públicos, ni se sentía la necesidad de ellos, ni a nadie se le hubiese ocurrido semejante cosa. Y... 3 000 años más tarde, en Francia, se hicieron los jardines de Versalles, aunque seguían sin plantearse tales cuestiones.

El faraón era dueño y señor de vidas y haciendas. Egipto era suyo, con todo lo que contenía, tanto tierras como ganado, así como también los seres humanos. Una orden del faraón siempre se cumplía y nadie se cuestionaba si era cruel o no. El faraón era dios y su palabra era ley. Pero esta expresión de «era ley» no revelaba ninguna connotación relacionada con la jurisprudencia, salvo cuando resultaba necesario. Es decir: la palabra del faraón era tan ley como el viento del desierto o las crecidas del Nilo, o, también, como una ley recién emitida. El faraón era la fuerza y el poder de Egipto; y esa fuerza y ese poder del faraón fueron los que convirtieron Egipto en todo lo que llegó a ser.

Con estas reflexiones, no trato de hacer una apología del poder asentado en una sola cabeza, tan solo constato unos hechos que no debemos olvidar. Quiero que el lector se sitúe en aquel tiempo con esta perspectiva; que si juzga el ejercicio del poder de los faraones de aquella época (cosa que indudablemente hará, y así lo espero), lo haga con el conocimiento de que no se pueden aplicar los mismos cánones que aplicaríamos en nuestros días.

PRIMERA PARTE

EL RELATO

1. EL NARRADOR

Que mi cuerpo se pudra en el desierto,
que Anubis pierda su rumbo cuando me guíe
ante la balanza.
Que mi corazón pese más que la pluma, que
no llegue jamás al reino de Osiris, que todas
las maldiciones de todos los dioses caigan sobre
mí si en estas líneas falto en algo a la verdad.
Así sea.

Yo, Tjaneni, hijo de Imeni, consejero que fue del gran Tutmosis I y de Tutmosis II.

Yo, Tjaneni, cuyo nombre ha quedado grabado para la posteridad en el gran templo de Amón-Ra, en Tebas.

Yo, Tjaneni, escriba de mi señor Tutmosis III, a quien acompañé en sus campañas, y gracias a mi señor mi cuerpo fue bañado por las aguas del Jordán y del Éufrates.

Yo, Tajneni, que fui bendecido por el favor de mi señor Tutmosis III, faraón, heredero de Osiris, hijo de Amón, señor de las dos tierras, rey de reyes, gocé de la confianza de mi señor Tutmosis III y, aunque mi padre fue retirado de la corte por Hatshepsut, cuyo nombre quede perdido para la eternidad, nací con los pies calzados por la gracia del destino, y los dioses me unieron a mi señor desde mi más tierna infancia.

Sin embargo, no por ser hijo de quien soy, sino por mis propios méritos, alcancé la posición que ahora ocupo, siempre al lado de mi señor; en las batallas y en la paz, en tierras lejanas y en la propia Tebas, ciudad en la que nací, dentro del recinto del palacio real.

Tal era la importancia de mi padre en la corte que yo, que era hijo de una simple concubina, fui criado en palacio como un príncipe. Siempre vestí ropas del más suave lino y acudí a las clases con los hijos de los otros grandes señores que habitaban allí, incluido mi señor Tutmosis III, al que por la gracia de los dioses conocí desde niño.

Contaba yo cinco años cuando mi padre fue retirado de la corte, como ya he dicho, por Hatshepsut, la «innombrable», y cambiamos nuestra residencia en palacio por una finca retirada a orillas del Nilo.

A pesar de la desgracia familiar, para un niño vivir en el campo resultó ser muy divertido. Cosas que dentro del recinto palaciego eran inconcebibles, en la libertad del campo se tornaban totalmente naturales.

Así fue como me convertí en el cabecilla de las correrías infantiles, dada mi condición social, mucho más elevada que la de los demás niños que me acompañaban en mis juegos.

Allí viví la celebración de la cosecha; tiempo en que se reunían todos nuestros siervos para cenar alegremente en torno a las hogueras y a los niños de la casa nos dejaban corretear entre los diferentes grupos hasta horas tardías.

En aquellas noches, recuerdo que me invitaban a probar sus viandas como si fuera un niño más y, dada la relajación del protocolo habitual, yo aceptaba dándoles las gracias, como correspondía a la educación que recibía, a pesar de saber que aquellos alimentos que me ofrecían eran producto de la generosidad de mi padre.

Tiempos de vida en la finca en los que vi cómo se anegaban los campos con las crecidas del Nilo y cómo nuestros siervos se hundían hasta las rodillas en el limo negro en la época de la siembra. A veces, se quejaban de la dureza del trabajo y del peligro de las serpientes, invisibles entre el lodo u ocultas entre el trigo, cuando recogían la cosecha, pero los dioses dan y los dioses quitan y ellos, en su ignorancia, no se daban cuenta de la gran suerte que tenían al servir a un buen señor y de que el Nilo les proveyera de su sustento. Mil vidas tuviera yo y mil vidas diera por mi señor, pero no se puede culpar a aquellos cuyo saber no llega más allá.

Si bien la gente que me rodeaba, a excepción de mis hermanos, eran de escasos conocimientos, la vida en el campo me enseñó a ver Egipto como lo que era: un país lleno de riqueza, protegido por la mano de nuestro señor el faraón y bendecido por los dioses.

Nuestros campos eran fructíferos, nuestros escribas, eficaces, y el pueblo vivía protegido de todo mal, ya que el faraón velaba por él.

Los escribas controlaban las crecidas del Nilo gracias a los nilómetros que poseían todos los templos y eso les permitía saber cómo sería la cosecha que se avecinaba. Con arreglo a eso cobraban sus impuestos y si la cosecha era abundante guardaban los excedentes en los silos del templo para tiempos peores. Así, el pueblo siempre tenía pan que llevarse a la boca y Egipto vivía en la abundancia.

¡Gracias sean dadas a los dioses y a mi señor el faraón!

Todas estas cosas que nos enseñaban en el templo, yo las viví de primera mano, pues durante dos años de mi vida me hallé inmerso en este mundo de siembras y cosechas.

Pero no circunscribí mis andanzas al verde valle del Nilo. Nuestra casa no estaba lejos del desierto. Ese mundo inhóspito de arena y piedra era un atractivo más para las aventuras infantiles. Nunca nos alejábamos demasiado de la finca, pero... ¿qué niño no quiere correr aventuras? En una de esas correrías, mi curiosidad infantil se vio atraída por un escarabajo, ese que hace rodar la bola de excrementos, el escarabajo sagrado, Jepri, símbolo del Sol naciente. Iba Jepri haciendo rodar el sol, cuesta arriba, por una duna; estaba casi en lo alto de la duna, y yo lo seguí.

Pensé que lo vería mejor si me colocaba al otro lado de la duna y ponía mis ojos a su misma altura, así que, dicho y hecho, pasé al otro lado con esa intención, pero tropecé con algo oculto entre la arena y caí rodando hasta el fondo, unos cuantos metros más abajo.

Mientras me hallaba allí tumbado, boca abajo, pude a ver a poca distancia de mis ojos a Jetri, que continuaba con su labor. Me pregunté cómo era posible que me hubiera acompañado en mi caída, y el dios indudablemente me oyó puesto que me respondió:

—¿Acaso crees que no puedo ir donde me apetezca? Yo que muevo el sol por el firmamento no necesito tu permiso para ir de un lado a otro. Alégrate de que me muestre ante ti y tenga la deferencia de dirigirte la palabra.

—Gracias, mi señor —respondí lo más educadamente que pude dado el calibre de mi sorpresa—. ¿Qué deseas de este tu siervo?

—¿Qué puedo desear de un niño si el género de los hombres no puede ofrecerme nada que yo no tenga? —me respondió con altivez.

No me atreví a preguntarle por qué entonces se había dignado a dirigirme la palabra, y él siguió su camino rodando su bola con las patas traseras.

En ello estaba cuando surgió una cobra que apareció de no sé dónde. Era pequeña, pero enseguida se colocó en posición de alerta con su «capucha» bien desplegada y, con un rápido movimiento, se tragó al escarabajo con su carga.

—¿Cómo te has atrevido a hacer semejante cosa? Es Jetri y se ha dignado a hablarme —le dije molesto porque había interrumpido mi conversación, aunque lo cierto es que no parecía que fuese a alargarse mucho más.

—Él es Jetri y está en mí. Como todo está en mí. Yo soy el dios que adorarás y a mí, y solo a mí, me debes obediencia —me contestó.

Y dicho esto, se marchó dejándome en un estado bastante confundido.

Al rato apareció una cabra. No me sorprendió gran cosa porque las cabras siempre están por todas partes. Me miró, y yo diría que hasta me sonrió.

—¿Qué hace un cachorro humano por estos parajes? —dijo.

No estaba muy seguro de si se dirigía a mí o simplemente se lo preguntaba a sí misma, pero respondí:

—Estaba siguiendo a un escarabajo y entonces… —intenté contestar.

—¡Calla! No te he dado permiso para hablar —se apresuró a decir.

Me quedé un tanto confuso, pero entonces surgió un león de lo alto de la duna y, saltando sobre ella, se la llevó entre sus fauces mientras la cabra balaba y balaba ya claramente como el animal que era, y no con palabras humanas.

Sin ninguna transición entre los diferentes sucesos, me encontré en mi cama asistido por mi madre que pasaba un paño humedecido por mi rostro y me miraba con gran preocupación.

Pronto noté dolor de cabeza y, cuando fui a tocármela, vi que un grueso vendaje me lo impedía.

Mi madre me explicó que los niños que iban conmigo la avisaron de que me había caído por una duna, me había dado un fuerte golpe y me había quedado en el suelo sin sentido. Habían ido a recogerme, me habían hecho una cura y rogaban a los dioses por mi sanación.

Entonces, yo le conté lo que me había pasado y ella, palideciendo por mi relato, salió corriendo a avisar a mi padre, al que tuve que volver a relatar mi experiencia.

Él me escuchó con atención y, luego, se quedó un rato callado, pensativo. Al final, me explicó que en mi sueño era la cobra, el símbolo del faraón, quien se hacía con todo el poder y me reclamaba a su servicio, de modo que mi futuro estaba predestinado, pero sus conocimientos no eran lo suficientemente profundos, así que había que consultar a un sacerdote.

Al día siguiente vino el sacerdote y ante él tuve que volver a relatar mi aventura.

Entonces, me interrogó sobre detalles que a mí no me parecieron relevantes, aunque por lo visto sí lo eran.

—¿La cabra era macho o hembra?

—Hembra —respondí—, y con unas ubres bien llenas.

—O sea, que se trataba de una cabra adulta… Y el león… ¿era un macho joven o adulto? —continuó con su interrogatorio.

—Adulto, pero se le veía aún de buena edad, fuerte y ágil —me atreví a apuntar.

Me miró en silencio y me dejó solo, por lo visto quería hablar con mi padre.

Según me dijeron, ese sueño era muy importante y precisaba un tiempo para reflexionar sobre él y poder dar una respuesta adecuada. Al cabo de unos días vino mi padre para decirme que el sacerdote ya había llegado a las conclusiones oportunas.

Según él, el escarabajo representaba a la divinidad y la cobra, el poder del faraón. Que fuera una cobra pequeña indicaba que se trataba de un faraón joven; y que se comiera al escarabajo era una manifestación de su poder.

Lo de la cabra le había desconcertado porque los dioses asimilados a este animal acostumbran a ser masculinos, pero al final observó que el faraón que nos regía en esos momentos era «mujer» por lo que podría tratarse de una representación del faraón.

El león representaba, por supuesto, el poder del faraón también, pero indudablemente de otro faraón. Parecía lógico suponer que se trataba del príncipe heredero.

En resumen, que todo parecía indicar que yo estaba predestinado para servir a Tutmosis III cuando llegara su momento, que este conseguiría su trono cuando llegara a una edad adulta y se convertiría en un faraón guerrero que se libraría de Hatshepsut de forma violenta. Pero claro, los sueños no siempre son definitivos.

De todas formas, tanto el sueño como su interpretación debían quedar dentro del entorno familiar y no ser conocidos por nadie más.

Sí, solo viví dos años en ese lugar porque a la edad de siete años fui enviado al templo con el fin de mejorar mi educación; allí empecé mi carrera como escriba y me reencontré con mi señor Tutmosis III.

2. EL TEMPLO

Cuando llegué al templo, pronto me fue asignada una cámara para mi descanso ya que no podía pernoctar en la casa de mis padres dada la distancia que había entre nuestra residencia y el templo.

Para mi sorpresa y gran suerte, fui conducido a las habitaciones de mi señor Tutmosis III, ya que debía ayudarle en sus necesidades. Dormía a los pies de mi señor, junto a la puerta, de tal manera que nadie pudiera entrar a molestarle si no era yo despertado primero.

Allí se fraguó nuestra amistad, aquella con la que fui bendecido el resto de mi vida. Mi señor confiaba en mí y me hacía partícipe de sus inquietudes y sus deseos. Siempre supo que algún día se convertiría en faraón, y para eso fue instruido, lo que hacía que durante el día compartiéramos solo algunas de nuestras lecciones.

Mientras mi educación iba dirigida a mi futuro como escriba —por lo que todo mi tiempo lo dedicaba al aprendizaje de la escritura, sus diferentes modelos y el estilo pertinente en cada caso—, él era instruido en las artes de la guerra, tanto en el manejo de las armas como en la estrategia militar.

Como futuro faraón, no era necesario en su educación incluir el conocimiento de las artes de la escritura o de lenguas extranjeras, pues para eso estaban los escribas al servicio del señor. Así que sus estudios se limitaron sobre todo a aquellas artes, que además resultaron ser más de su gusto. Tampoco nadie podía imponerle castigos de ningún tipo, por el manifiesto motivo de que por sus venas corría la sangre de Osiris.

Sin embargo, a nosotros, los hombres normales, nos enseñaban con harta frecuencia los efectos de unos cuantos bastonazos en nuestras espaldas, o cómo se quedan los músculos después de pasar unas cuantas horas de rodillas, con los brazos en cruz, bien extendidos, y con un par de piedras sobre las manos.

Cuántas veces me encontré con que era incapaz de tomar el cálamo entre mis dedos atrofiados, algo que solucionaba el sacerdote que actuaba de maestro con un buen bastonazo o utilizando una vara de mimbre.

Fueron años duros que muchos no pudieron soportar, pero yo tenía la ventaja de contar con la amistad de mi señor, y eso me compensaba de todos mis males.

En aquellos años, fueron muchas las veces en las que vi a mi señor llegar sudoroso, con el cuerpo cubierto de una capa de polvo del camino, tras haber hecho maniobras con los carros de guerra. Él siempre regresaba contento de esas operaciones porque le gustaba el arte de la guerra y el manejo de las armas. Hubo más de una ocasión en que incluso tuve el honor de limpiar su cuerpo de polvo y sudor con mis propias manos.

Cuando fuimos más mayores empezamos a compartir clases de otras lenguas, innecesarias para él, pero aun así deseaba tener ciertas nociones básicas; y necesarias para mí, para poder documentar los encuentros con representantes de países limítrofes y ayudar a mi señor a mantener conversaciones con ellos.

Sí, ya entonces se preveía mi futuro al lado del faraón. Seguramente, mi señor fue quien tomó esta decisión de mantenerme a su lado desde nuestra infancia. Quizás, en parte, porque ya nos conocíamos, o quizás por volver a introducir a algún miembro de mi familia en la corte, con la indudable molestia de la «innombrable», o quizás porque mi padre había hecho llegar hasta los oídos pertinentes mi conversación con los dioses.

Allí estuvimos juntos, compartiendo clases, comidas y noches. La pubertad se despertó en nuestros cuerpos a la vez y descubrimos los placeres que el sexo nos podía proporcionar.

Mi señor tenía a su disposición personas de uno y otro sexo y juntos despertamos al amor. Él me prestaba sus regalos, y a veces los compartíamos, asegurando una amistad entre nosotros que duraría para siempre.

Sin embargo, nuestros gustos eran muy diferentes. Mientras él gozaba con los ejercicios físicos, yo disfrutaba con mis trabajos de escritura, de la maravilla que supone dejar plasmados para la eternidad los pensamientos de una época. Investigaba en los papiros antiguos, en sus formas de escritura diferentes, en los hallazgos de rutas olvidadas; de poesías perdidas en la noche de los tiempos; de otras formas de ver la vida, en suma. Asimismo estudiaba textos en otras lenguas que me llevaban a lejanos países con religiones y costumbres ajenas a las nuestras.

Todo ello llenaba mis días; y de vez en cuando, mis noches se veían alegradas por la compañía que me proporcionaba mi señor con su persona y con las esclavas o esclavos que tenía para su disfrute y compartía conmigo.

Después, llegó el inevitable momento de la separación, que yo no sabía cuánto duraría. Aunque, finalmente, mi señor hizo que esta fuera corta, ya que cuando él se trasladó a palacio poco tiempo más permanecí yo en el templo, pues enseguida me mandó llamar a su lado.

No sé cómo lo logró dada la animadversión que sentía la «innombrable» por mi familia. Pero lo hizo.

3. LA CORONACIÓN

Catorce años teníamos ambos cuando fuimos trasladados a palacio.

Mi señor era el heredero oficial de la corona, lo cual le concedía un estatus distinto evidente, y me acogió como su servidor personal.

Suponíamos que en breve la «innombrable» dejaría libre el trono a quien le correspondía por derecho propio y nos manteníamos simplemente a la espera de los acontecimientos. Espera que se prolongaría en el tiempo mucho más de lo que imaginábamos entonces.

En realidad, fueron muchos y variados los medios de que se valió para arrebatar sus derechos a mi señor durante tanto tiempo.

Ella se negaba constantemente a esposar a su hija, Nefereru, con mi señor, lo cual retrasaba el traspaso de la corona, pero también ella debía acatar las leyes de Egipto. Su actitud no era *maat*. ¡Loados sean los dioses! Todos nos hallamos regidos por las normas de Maat, la gran diosa de la justicia y el equilibrio entre las cosas. Ella nos dice lo que es *maat* y lo que no lo es. Si un faraón no cumple estas normas, ¡malos tiempos corren para Egipto! Y lo que ella hacía no era *maat*.[1]

Hoy, que ya cuento con más experiencia en estas lides, puedo ver que utilizó su experiencia y sus contactos en la corte y, sobre todo, en el clero. Y dando a cada uno lo que desea se pueden conseguir muchas cosas, incluso aquellas que no nos pertenecen, y en ella eso era una posibilidad. Llevaba demasiado tiempo sentada en el trono como para no haber adquirido el poder suficiente con el que manejar los hilos a su antojo. Y a mi señor también supo darle lo que quería.

A él le gustaban las armas, la guerra, la estrategia. Era un arquero consumado y ella le dejó el mando del ejército y le proporcionó armeros experimentados para que le construyeran nuevos «juguetes». Arcos que podían lanzar sus flechas más lejos y con más potencia, vestiduras que protegían de los disparos de sus enemigos, carros más livianos y manejables…; todo lo que un estratega podía desear.

Le daba el poder sobre el ejército, pero mantenía el control de las arcas reales; es decir, que él tenía el mando, pero ella era quien decidía las inversiones en armamento, soldados... Era un poder bajo control.

En realidad, siempre lo tuvo controlado. Siempre fue ella la que tomó las decisiones de gobierno, la que estableció las relaciones con otros países..., y la que debía decidir cuándo cederle el poder; algo que retrasaba y retrasaba con las más heterogéneas disculpas.

---

1 Además de ser una diosa, *maat* era también un concepto. No tiene traducción al castellano, pero decir que algo no es *maat* es decir que no se ajusta a las leyes de la naturaleza ni de los hombres.

Pero cuando mi señor realmente descubrió sus intenciones fue cuando llevó a cabo aquella ceremonia en «su» templo; cuando desplazó a toda la corte al emplazamiento en que su amante lo había construido; cuando nos hizo presenciar lo que en realidad era «su coronación».

Nosotros nos hallábamos aún en el templo, pero nos trasladaron para presenciar aquella ceremonia. Entonces no nos dimos cuenta de qué se trataba, pero hoy, que soy un adulto y creo entender este tipo de acciones, puedo asegurar que se trataba de poner en marcha la usurpación del trono. ¡Y vaya si lo hizo!

Acudimos en barco, por el canal que unía el templo con el padre Nilo. Mi señor, al que yo acompañaba, iba en una nave diferente a la de la «innombrable». Ella se desplazó en la barca de oro ceremonial, con todos sus símbolos de poder. Iba sola, sentada en su trono. Nos hicieron desembarcar a todos, y casi mezclando a mi señor con otros personajes de la corte como si estos fueran sus iguales. Sí, le reservaron un sitio de honor, pero como simple espectador. Y... ¡qué espectáculo!

Atravesamos el jardín, hasta descubrir al final el templo. Su templo. Tres terrazas unidas, las dos primeras mediante una rampa. Al fondo, la pared, que en su día fue de roca, cubierta por una placa enorme de oro en la que se habían pintado en colores vivos varias escenas alusivas a Amón-Ra y a la divinidad de la familia reinante. La familia reinante, sí, pero «su» familia, con claras alusiones a la procedencia de su sangre real.

Cuando todos estuvimos en nuestros puestos, saturadas nuestras narices por la abundancia de pebeteros y plantas aromáticas, sonaron los tambores y ella descendió de su barca dorada, al tiempo que numerosos esclavos iban dejando caer pétalos de flores delante de ella para que formaran una alfombra que pisarían sus pies desnudos (como los de cualquier siervo). Se había despojado de sus símbolos de poder y solo llevaba una túnica blanca y un pectoral de oro, lapislázuli y otras piedras preciosas.

Subió por la avenida, hasta la segunda terraza, mientras los tambores sonaban ensordeciéndonos a todos. Aún no había amanecido. El lugar se encontraba iluminado por abundantes antorchas estratégicamente colocadas y, sin duda, impregnadas en aceites olorosos.

Cuando empezamos a notar que el cielo iba aclarando su oscuro azul, apagaron todas las antorchas a la vez y callaron los tambores. Ella se convirtió en una sombra blanca y, entonces, se oyó el sonido metálico de los sistros, agitados por los músicos: el sonido ancestral que nos lleva hacia la divinidad y aleja los males; el sonido de los papiros agitados por el viento; el sonido que acompaña a las danzantes. Pero la única persona a la que podíamos ver era la «innombrable», y esa sombra blanca que era ella desapareció de nuestra vista pues, de repente, la vimos recoger una bola de luz; era como si tuviese el Sol entre sus manos. Ya no iba vestida con la túnica blanca. Estábamos ante una imagen dorada a la que apenas podíamos ver, deslumbrados como nos hallábamos por aquella luz.

Alzó sus manos con la bola de luz en ellas. Entonces fue cuando pudimos apreciar sus ropajes, pero... no llevaba nada. Estaba completamente desnuda, cubierta de oro, o polvo de oro soplado sobre su cuerpo ungido en aceite. Solo su rostro, las manos y los pies se mostraban en su color natural. Unas ajorcas en sus tobillos y unas pulseras en sus muñecas marcaban el límite entre el dorado del resto de su cuerpo y el tono natural de su piel. Solo llevaba puesto el pectoral.

Todavía me pregunto cómo se atrevió a mostrarse así ante la corte. Era una mujer madura, más bien baja, ancha de caderas, con un cuerpo de campesina, y se mostraba ante nosotros en plena desnudez.

Pues bien, en ese momento hizo un quiebro agachándose y cubriendo por un momento esa bola de fuego que aún sostenía entre sus manos para acabar incorporándose, a la vez que la lanzaba hacia el mural de oro que había a sus espaldas, sobre el templo. No sé de qué truco se valieron los sacerdotes, pero la sensación que dio es que esa bola de fuego fue a estrellarse contra ese mural que estaba a bastante distancia y a bastante altura sobre ella, y allí, en el mural, surgió de nuevo el Sol iluminándonos y cegándonos a todos.

Cuando recuperamos nuestra capacidad de visión, el Sol ya estaba en el cielo, era de día, y Hatshepsut estaba vestida otra vez con todos sus símbolos de faraón a la vista, mientras una voz potente, de procedencia desconocida, proclamaba que ella era hija de Amón y, por tanto, nuestro señor. Con esta fastuosa y teatral ceremonia se acababa de autoproclamar «faraón por derecho divino».

Ya he comentado que mi señor y yo teníamos entonces tan solo catorce años, pero ya sabíamos de los trucos que eran capaces de forjar los sacerdotes. De todas formas, he de reconocer que este estuvo muy bien urdido.

Esa fue la verdadera ceremonia de coronación de la «innombrable». Mucho más importante que aquella que, más tarde, preparó en Abidos con la única finalidad de darse a conocer ante todos los nomarcas, esos pequeños gerifaltes de ámbito territorial necesarios para la administración de Egipto, que se creen algo pero que tiemblan en presencia del faraón ya que ese poder que ostentan viene siempre de él y solo él es quien puede darlo o quitarlo. Son los jefes supremos de la administración local en el Antiguo Egipto, responsables de la irrigación, del rendimiento agrícola, y también de recaudar impuestos y fijar los límites de las propiedades después de la inundación anual del Nilo, y son asimismo responsables de la gestión de los almacenes y graneros. Y a esa ceremonia también hizo asistir a mi señor, pero, como digo, eso fue más tarde.

En esta ceremonia que llevó a cabo en su templo, estaban presentes los señores del país del Punt, invitados de honor de Egipto de resultas de la expedición que ella mandó hasta esas lejanas tierras, expedición de la que se sentía especialmente orgullosa, como si de una conquista de nuevos territorios se tratara. Con su sistema de gobierno, suerte teníamos si los enemigos no cruzaban nuestras fronteras.

Ese mismo día, tras la ceremonia en su templo, a la que hubo que añadir los rituales en el templo de Amón y toda la parafernalia que a ella le plugo, tuvo a bien reunir a unos cuantos cortesanos, junto con los señores del país del Punt, en una cena «íntima» a la que mi señor acudió llevándome a mí, como era su costumbre.

De aquel encuentro, no puedo destacar nada en especial: las viandas de siempre, los espectáculos de costumbre, la música, los cantos, los rapsodas… aunque sí que hubo una conversación que nunca podré olvidar.

Los señores del país del Punt estaban sentados junto a Hatshepsut y mi señor, también. Yo estaba a su lado, como es natural, y no sé si recordaré las frases exactas, pero voy a intentar transcribir la conversación que allí se mantuvo:

—Este es hijo de mi difunto esposo y de una de sus concubinas, pero yo lo quiero como si fuese mi propio hijo, como es natural —dijo Hatshepsut refiriéndose a mi señor.

—Lo tenéis más fácil vos que yo a la hora de aclarar vuestros sentimientos —terció mi señor con una sonrisa. Y ante la mirada interrogante de todo el auditorio, él continuó—: Vos podéis quererme como a un hijo, sin duda, pero yo no sé bien si os he de querer como a una madre o como a un padre.

La pulla estaba lanzada y era clara. Hatshepsut era una mujer que gobernaba Egipto como un faraón, barba postiza incluida. Pero era, además, una consumada diplomática, de modo que supo cómo salir triunfante.

—No lo tienes tan difícil: quiéreme como ambas cosas puesto que las dos cosas soy yo para ti. —Y rió su propia gracia y los demás la acompañaron en su risa. Con semejante comentario había dejado clara la dependencia de mi señor hacia ella.

Me preguntaba cómo sería la vida con dos faraones bajo un mismo techo. Ella, la usurpadora que se negaba constantemente a casar a mi señor con Nefereru, su hija, postergando así el su acceso al trono. Y mi señor, de catorce años de edad ya, un tanto joven, quizá, aunque se tenía conocimiento de faraones que habían accedido al trono a esa temprana edad. Y ella se negaba a darle lo que le correspondía por herencia.

Si la corte alguna vez se había planteado dividirse, mostrando predilección por uno u otro, ella determinó dejar las cosas claras.

Se había hecho coronar en su templo, y también se había hecho coronar en Abidos, una de las ciudades más influyentes del Alto Egipto, la ciudad en cuyo templo se efectuaban las coronaciones de los faraones desde tiempos inmemoriales.

Abidos... Otra ceremonia de oprobio, poco después de la asombrosa actuación que llevó a cabo en su templo.

En Abidos, nos hizo acudir como simples espectadores. Todos los nomarcas desfilaron ante ella: primero, los del Alto Egipto, y después, los del Bajo Egipto. Todos le juraron fidelidad. A todos reinstauró en sus puestos.

Ella, sentada en su trono. Un trono que era un insulto a mi señor. En su respaldo se hallaba representado su linaje. El linaje que la llevó al trono pese a ser una hembra. Esa sangre real que llegó hasta ella por vía materna y que, por eso, no había llegado hasta mi señor. Pero él era hijo del faraón tanto como ella. Y era varón.

Eso que fue objeto de mil y una discusiones, eso que impidió desde el principio que la «innombrable» accediera al poder y que ella se ocupó de manejar, de trastocar, de dar aquí, quitar allá, hasta obtener su trono, todo estaba ahí representado, a la vista de cualquiera. Ella, su madre, la madre de su madre... todo un linaje de mujeres hasta llegar a Osiris, olvidando incluso a su abuelo, Amosis. Era la exaltación de la divinidad a través de las hembras.

Y allí estaba mi señor, el legítimo heredero, como simple testigo de un hecho consumado. Nosotros, meros niños pero no tontos, tuvimos que presenciar en silencio cómo esa mujer le quitaba el trono a mi señor y se apropiaba de los títulos de faraón, aunque nunca pudo acceder al de «Toro Poderoso», por su condición de mujer.

Así fue como mi señor se convirtió en huésped de su propia casa.

4. EL GENERAL DE LOS EJÉRCITOS

En palacio, la posición de mi señor era extraña.

Faraón sin corona, a la espera de casarse con una princesa real. Con Nefereru como candidata principal para ejercer ese puesto y la «innombrable» evitando ese casamiento a toda costa.

Al principio, a mi señor no parecía importarle. Le puso al mando del ejército, como a él le gustaba, y se pasaba los días realizando maniobras y experimentando las nuevas armas que le proporcionaban los artesanos de palacio.

Poco tiempo después hubo problemas en la frontera sur, una situación muy normal en Egipto. Los pueblos del sur, una serie de tribus normalmente ocupadas en luchas internas, de vez en cuando, se coaligaban para entrar en nuestro país, aunque solo lograban hacer pequeñas incursiones hasta ser rechazados por nuestro ejército. A veces se trataba simplemente de pillaje, lo cual no requería el envío de fuerzas adicionales a las permanentemente asentadas en la zona.

Por fin, mi señor iba poder ejercer de general de los ejércitos. Estaba exultante.

Pero antes incluso de que llegara el mensajero con la noticia de que nuestras fortificaciones fronterizas estaban rodeadas por un ejército de indeseables, ya Tebas estaba en pie de guerra.

Los soldados preparaban sus pertrechos; algunas esposas que aún no tenían hijos hacían lo propio y acompañaban a sus maridos. De todas partes del reino acudían los encantadores de serpientes, los tragadores de fuego, las bailarinas, las prostitutas, los hermosos mancebos que seguían a los ejércitos en sus campañas. Era la primera vez que veíamos un ejército en marcha y también cómo la retaguardia se veía acompañada por esta serie de personajes que daban a la escena un carácter festivo. Nunca entendí cómo el pueblo se enteraba de las noticias antes que nosotros.

Se cargaron las naves con el avituallamiento y con algunos soldados, pues no todos iban en barco: gran parte del ejército hacía su camino a pie, por las orillas del Nilo. En cada población se recogían más soldados y más vituallas. Egipto iba a la guerra, pero parecía una fiesta.

Sin embargo, cada uno sabía qué lugar debía ocupar en la comitiva: primero, el ejército oficial, el egipcio; luego, los diferentes cuerpos de mercenarios; los arqueros y el personal de élite iban aparte, y también los carros, los caballos, todo el material pesado...; los generales iban acompañando a mi señor; el cuerpo de exploradores, siempre una jornada por delante del resto del ejército, y detrás, toda la caterva de vividores que nos acompañaba, la diversión.

Avanzábamos por tierra egipcia; no nos hacían falta las tiendas de momento. Pernoctábamos en las poblaciones que encontrábamos a nuestro paso. Cada parada, una fiesta. Al vernos, nadie hubiese dicho que aquellos miles de hombres iban a poner en riesgo sus vidas en breves días. Avanzábamos con rapidez, pues teníamos que llegar a la frontera sur cuanto antes y aún nos quedaban unos días de camino.

Durante el trayecto, mi señor iba recibiendo noticias acerca del enemigo y discutía con sus generales las diferentes estrategias que debíamos seguir. Por las noches, descansaba como todos los demás. Yo seguía durmiendo a sus pies. A veces, como estábamos en guerra me despedía para poder hablar a solas con alguno de sus generales. Otras veces, me dejaba continuar a su lado como un testigo mudo. También él buscaba diversión y compartía su lecho con quien le apetecía.

Los soldados estaban bien alimentados. Carne seca, pescado ahumado, legumbres y verduras frescas eran ingredientes habituales de su dieta. Por su parte, mi señor seguía con sus costumbres habituales. En su mesa siempre había catorce tipos de carne, ocho de pescado, postres hábilmente elaborados y las diferentes clases de pan de rigor. Primero comía él y luego lo hacíamos los demás. Aunque eso fue solo al principio. De repente, un día rechazó toda las viandas que habían preparado sus cocineros y dijo que si estaba en guerra, tenía que sentirse como un soldado y comer lo mismo que el resto del ejército. A partir de ese momento, pidió que le trajeran la comida habitual de los soldados: carne seca o pescado ahumado, legumbres, etcétera. Lo vivió como una experiencia nueva y divertida, y pronto corrió la voz por todo el ejército.

Con esta nueva actitud se ganó las simpatías de todos los hombres que estaban a sus órdenes. Él se sintió un soldado y los soldados lo respetaron y amaron, desde ese momento, más todavía de lo que lo habían hecho. Se convirtió en su general por derecho propio, además de por derecho de sangre.

Con esta y otras decisiones que tomó a lo largo de su vida en sus múltiples campañas, supo ganarse el respeto y el amor de su ejército y probablemente fue este uno de los factores que le condujo a la victoria de esta y otras batallas.

Dejó de apartarme de su lado en sus reuniones y me pidió que tomara buena nota de todo. Se proponía, por un lado, aprender de sus errores y, por otro, dejar por escrito para la posteridad el desarrollo de sus batallas.

Me encontraba ante un faraón seguro de sí mismo y siempre dispuesto a aprender, que me daba una imagen de su grandeza y su modestia, aunque eso lo supe más tarde. Al principio, la idea de ponerse a la altura de sus soldados me pareció desafortunada. Él era el faraón-dios, hijo de dioses, y no podía compararse con toda esa plebe; más tarde apreciaría que el resultado fue muy positivo a pesar de albergar yo ciertas dudas.

Al cabo de los años, vería este tipo de acciones y otras que me asombrarían aún más en él y que, sin embargo, le dieron una aureola de general implicado en la lucha, además de lograr que su ejército acudiera incluso ciego a donde él lo mandara; confiaban plenamente en su criterio.

Por fin, llegó el día en que nos comunicaron que estábamos a solo una jornada de nuestro destino. Por los informes, supimos que la guarnición fronteriza estaba rodeada por ese ejército de indeseables. Estaban intentando el asedio, o, al menos, eso parecía.

No obstante, nuestros soldados aún se defendían y el enemigo no había traspasado sus murallas. Eran buenas noticias.

Pasamos la noche en Buhen, la primera gran fortaleza que encontraría cualquier enemigo proveniente del sur. Se trataba de una ciudad amurallada con espectaculares defensas; hermosa, pero de un marcado carácter castrense. En ella se estaba construyendo el templo a Horus que había encargado Hatshepsut.

Mi señor mandó que todas esas gentes de mal vivir que acompañaban a nuestro ejército se quedaran donde estábamos y arengó a las tropas antes de dirigirnos a nuestro destino.

—Soldados de Egipto —empezó a decir, desde su carro, subido a una pequeña plataforma que siempre llevaba en él—, se os ha pedido que deis la vida por vuestro país, pero en realidad no es vuestra vida la que quiero, sino la de nuestros enemigos. —Los vítores que recibía de sus hombres le obligaron a hacer una pausa, luego prosiguió—: Luchad hasta vuestro último aliento, pero mejor procurad que ese último aliento sea el de vuestro contrincante. —Más vítores—. ¿Veis ese carro que está ahí? —Y señaló un gran carro que se utilizaba para el transporte de víveres y que estaba vacío, a su lado—. Lo quiero lleno de los penes de nuestros enemigos. —Más vítores—. Solo espero que tengamos los suficientes para poder llenarlo. Recordad: cuantos más enemigos tengamos, mayor gloria para nuestro ejército. —Los soldados se enronquecían con sus gritos completamente subyugados por sus palabras—. Y ahora atended a las órdenes de vuestros capitanes. Mañana será un gran día para Egipto y vosotros tendréis el honor de haber participado en él. ¡Por Egipto! —Y todos le aplaudieron y vitorearon su nombre y el de Egipto.

Nos pusimos entonces en marcha sin la compañía de las esposas, de las meretrices y de los diferentes personajes que seguían a nuestro ejército. Habíamos dejado atrás la primera catarata. Eso significaba que ya estábamos llegando a los lindes de nuestra tierra, ya que la frontera sur de Egipto se hallaba entre la primera y la segunda cataratas. Habíamos sobrepasado Buhen con sus espléndidas fortificaciones. Mi señor ordenó que el destacamento que se hallaba en aquella zona se mantuviera en su puesto.

Ahora, nos dirigíamos hacia una pequeña fortificación más al sur. Una especie de puesto de vigilancia sin aparente importancia, pero cuya misión era primordial en la defensa de esa frontera.

Más tarde, mi señor decidió acampar a mitad de camino, entre Buhen y nuestro destino. En su tienda, ya de noche, se celebró la reunión con los generales y hubo toma de decisiones.

Esta era la escena: mi señor, sentado en su trono, sobre un estrado, los generales, de pie, formando un semicírculo ante él.

—Bien, ¿cuáles son las últimas noticias? —preguntó.

—El enemigo se encuentra acampado a unas tres horas de aquí a pie, ante la puerta norte de la fortaleza —contestó uno de los generales.

—¿Cuántos son? —dijo, continuando así con su interrogatorio para evaluar la situación del terreno.

—Se estima que unos trescientos hombres, señor —contestó el mismo general.

—¿De qué armamento disponen? —preguntó, considerando que este dato era importante conocerlo antes de planificar una estrategia.

—El habitual en esos pueblos: espadas, lanzas, etcétera. Se les conoce, sobre todo, por sus temibles arqueros, que están muy bien entrenados. No cuentan con carros ligeros —contestó otro de entre los generales allí presentes.

—Nosotros disponemos de mil hombres, cincuenta arqueros de élite y veinte carros ligeros. ¿Me equivoco? —preguntó mi señor.

—Así es, mi señor. No os equivocáis —acertaron a decir varios.

—¿Qué hacen allí acampados? Está claro que no pueden pretender conquistar Egipto con esas fuerzas tan pequeñas.

—No lo sabemos, mi señor —respondió otro de los generales—. No creemos que se trate de un asedio tampoco, ya que saben que más tarde o más temprano llegaremos nosotros.

—¿Cómo llegamos a enterarnos de lo que ocurría?

—Este puesto tiene como única misión vigilar los movimientos de tropas en la frontera, para ello, constantemente, envían patrullas de inspección. Una de esas patrullas, al regresar, se encontró con este ejército ante las puertas de la fortaleza, así que en vez de volver a ella, se dirigieron a Buhen y dieron la voz de alarma.

—¿La fortaleza de Buhen no tiene suficientes hombres para enfrentarse a este ejército? —expresó un tanto contrariado mi señor.

—No, mi señor. Están bien preparados para defenderse de este y de ejércitos más grandes, pero no para expulsarlos —contestó el general que había intervenido en primer lugar.

—¿Cuántos días llevan allí acampados?

—Unos diez días. La voz de alarma nos llegó muy pronto. Disponemos de un rápido sistema de comunicaciones, pero luego es cierto que tardamos unos días en llegar. No es lo mismo llevar un mensaje que mover un ejército.

—¿De cuantas fuerzas disponemos dentro de la fortaleza? —preguntó, ahora dirigiéndose a todos en general, con un tono más tranquilo.

—Pocos hombres, mi señor, unos cien. Se trata de un puesto fronterizo cuya misión, como ya hemos explicado, es exclusivamente la de notificar los movimientos que se producen en la frontera —insistió el general.

—Yo diría que más que un asedio lo que están haciendo es esperar, y no a nosotros precisamente —aventuró el faraón.

—Es bastante lógico, mi señor —añadió otro de los generales y explicó—: Estas tribus mantienen constantes peleas entre ellos, pero de vez en cuando se unen para asegurar su frontera o moverla un poco más hacia el norte. Es probable que se trate de una convocatoria para una coalición a la que todavía no se han presentado todos los convocados. Es posible que incluso no se presenten. Estas cosas pasan. Estos jefecillos se mienten entre ellos con mucha facilidad. Hacen promesas que luego no cumplen.

—¿No crees que diez días es mucho tiempo para estar esperando? —le preguntó directamente.

—La verdad es que nosotros nos hemos movido muy rápido. Lo normal es que tardemos algo más en enterarnos. Si no llega a ser por esa patrulla que estaba fuera en ese momento y los vio a tiempo, fácilmente hubieran pasado dos o tres días más sin poder dar la voz de alerta. Además, en este caso vos teníais el ejército preparado y dispuesto para la lucha, algo que no siempre sucede.

—Bueno, digamos que esta es mi afición —dijo mi señor con una sonrisa y continuó con una nueva reflexión—:

Podemos suponer entonces que ellos tienen previsto esperar unos cuatro o cinco días más y, si no se presentan los refuerzos, marcharse sin más; a no ser que se atrevan a un ataque arriesgado contra la fortificación, porque habrá pocos soldados dentro, pero los muros son una buena defensa. Les costaría muchas bajas entrar en ella.

—Así es, mi señor, pero no sabemos cuánto tiempo están dispuestos a esperar. Tal vez, mañana por la mañana ya hayan desaparecido. Estos pueblos se mueven mucho de noche.

Pasaron unos segundos en los que mi señor parecía reflexionar, pero en realidad estaba preparando una batería de preguntas rápidas y certeras que no dudó en plantear a los generales

—¿El terreno?

—Es llano, mi señor, nos verán aparecer por el horizonte.

—Necesito atrapar a los jefes, ¿alguna sugerencia?

—Disponemos de carros que son más rápidos, pero de todas formas el factor sorpresa queda descartado, a no ser que nos movamos de noche y nos acerquemos a ellos en silencio.

—Es una idea, ¿alguna otra?

—Mover todo un ejército en silencio es muy complicado, pero se puede intentar —aseveró otro de los generales.

—Bien, entonces... ¿levantamos el campamento ya o dejamos que los soldados descansen un par de horas?

—Acaban de montarlo, mi señor, mejor que descansen un poco. Luego podemos ponernos en marcha llevando solo las armas necesarias. El avituallamiento, las tiendas, etcétera, se pueden quedar aquí con un pequeño destacamento para evitar el pillaje, por si acaso. —Ahora, eran varios los generales que respondían a todo lo que su señor quería y necesitaba saber.

—Pero es fundamental evitar que los jefes escapen —insistió—. Los carros pueden dar un gran rodeo y apostarse al sur de su campamento con orden de empezar a disparar sus flechas justo antes de que nuestro ejército comience el ataque. Al amanecer. Sus flechas serán nuestra señal para que iniciemos el combate desde el norte.

—Eso significa que los carros tienen que partir ya —apostilló uno de los generales—. Y además corremos el riesgo de que aparezcan los refuerzos que están esperando.

—Correremos el riesgo —se apresuró a contestar mi señor y seguidamente comenzó a dar órdenes concretas—: Los carros saldrán ahora mismo y llevarán cada uno dos arqueros, en vez de uno. Quiero que se aposten treinta arqueros de élite en puestos fijos, más los veinte que llevan los carros habitualmente, pues estos disponen de mayor movilidad. Las órdenes serán disparar a cualquier enemigo que intente huir, pero no matarlos. Aparte de eso, los carros se moverán creando el desconcierto por la zona sur del campamento enemigo. Probablemente, los jefes intenten escapar cuando vean nuestras fuerzas, muy superiores en número. Cuando ellos inicien el ataque, al mismo tiempo, lo iniciaremos nosotros por el norte.

Siguieron discutiendo los detalles durante un buen rato. Ni los generales ni mi señor ni yo dormimos esa noche. Las órdenes se fueron concretando rápidamente, de modo que se preparó todo para ese enfrentamiento.

Avanzamos durante la noche, en completo silencio, y nos apostamos, tumbados en el suelo, esperando el amanecer.

Todo salió según lo previsto. La mortandad entre los enemigos fue elevada. A pesar de la pericia reconocida de sus arqueros, los nuestros no les fueron a la zaga; además, nuestros arcos eran más modernos, tenían más alcance y mayor fuerza de penetración. Nuestros soldados dejaron bien alto el pabellón de Egipto.

Con apenas diez bajas en nuestro bando, después de la contienda se procedió, según era costumbre, a dejar que los soldados tomaran las armas y enseres del enemigo, aquellas que pudieran tener algún valor, despojarles de sus vestidos y cortar los penes de los muertos para el recuento final.

¿El balance? Veinte muertos, doscientos prisioneros, un sinnúmero de tiendas de campaña, espadas, lanzas, arcos, flechas, pieles exóticas que adornaban las tiendas de los jefes, todos sus pertrechos de batalla..., y cuatro de los jefes capturados vivos. No sabíamos si había alguno más que hubiera logrado escapar, ya que hubo una desbandada general entre sus filas. Algunos murieron ahogados en el Nilo, otros lograron cruzarlo. La victoria era clara y mi señor mandó que nuestras tropas se mantuvieran unidas y no se disgregaran persiguiendo a los huidos.

Mi señor mandó asimismo empalar a los jefes, a unos trescientos metros hacia el sur de nuestra fortificación fronteriza. Luego veríamos, en otras contiendas, que este tipo de escarmientos no se iban a convertir en costumbre, pero esta vez era distinto, se trataba de un aviso para todos los ejércitos que osaran atravesar nuestras fronteras. Sus cuerpos quedarían allí hasta que los cuervos no dejaran nada de ellos. Sus gritos nos acompañaron hasta que se perdieron en la distancia.

Liberamos a nuestra avanzadilla fronteriza y luego regresamos a Buhen. Allí nos esperaba toda la comitiva que nos había acompañado durante el viaje.

Los soldados celebraron la victoria: unos con sus esposas, otros con las meretrices y los mancebos que esperaban allí, dispuestos a conceder sus favores a quien se los agradeciera con un regalo apropiado.

Mi señor quiso participar de la fiesta a su manera. Cambió sus ropas por las de un soldado cualquiera y se mezcló con la plebe, como uno más, de incógnito. A mí me mandó que durmiera, como siempre, junto a la puerta de sus aposentos y que, si alguien preguntaba por él, le dijera que estaba descansando.

Sentí miedo por lo que pudiera pasarle y no pude pegar ojo en toda la noche, hasta que ya al amanecer volvió, por fin, sano y salvo. Sucio, oliendo a cerveza y a vino rancio, pero feliz. No me dijo dónde había estado, ni lo que había hecho. No me contó nada. Solo hizo un rápido y escueto comentario: «Esto hay que repetirlo».

Y lo repitió. Quince días estuvimos en Buhen y no perdonó ni una sola de aquellas noches. No atendió a las concubinas que lo acompañaban; por las noches salía y volvía al amanecer. Luego dormía durante toda la mañana y, por la tarde, se reunía a veces con alguno de sus generales que le apremiaban para que volviese a Tebas.

Por fin, nos pusimos en marcha hacia la capital del imperio. En Buhen quedaron los heridos que aún no se habían recuperado. Por el camino, íbamos dejando a los soldados que pertenecían a los distintos nomos. En Tebas, ya se esperaba nuestra llegada.

Mi señor mandó cargar su carro de guerra en el barco que nos transportaba Nilo abajo. Cuando llegamos, una muchedumbre nos aguardaba en el puerto de Tebas. Desde el momento en que vieron la primera nave aparecer Nilo arriba, nos empezaron a aclamar.

Nos preparamos para el primer desfile, que nos llevaría desde el puerto hasta palacio.

5. LA VICTORIA

Mi señor mandó poner una rampa desde su nave hasta el puerto y bajó por ella montado en su carro, ataviado con los símbolos de un faraón guerrero: su casco, con el doble emblema de la cobra y el buitre, y su coraza dorada.

Detrás fuimos bajando los demás: anduvimos a paso lento entre los vítores de toda Tebas hasta que traspasamos las puertas de palacio. Como era costumbre, se habían programado tres días de fiesta en todo Egipto, y esto era solo el aperitivo.

Una vez dentro del recinto, toda la corte nos esperaba. Los siervos de la casa, de pie, habían formado una calle hasta la escalinata sobre la que se hallaba Hatshepsut, con sus galas de faraón, también de pie, rodeada de sus íntimos y de los cortesanos más sobresalientes.

Cuando mi señor, que encabezaba la comitiva, se acercó a la escalinata, ella descendió los peldaños y lo abrazó. No dijo ninguna palabra que nosotros pudiéramos oír porque con ese gesto provocó el clamor de todos los presentes.

Después, simplemente lo tomó del brazo y subió con él la escalinata; se detuvo en el porche. Entonces, se volvió y levantó con su mano izquierda la mano derecha de él firmemente cogida. Sonrió y se dirigió con él al interior del palacio, seguida por todos los cortesanos, acompañados por los vítores que llegaban del exterior.

Una vez dentro, a cubierto de las miradas y de los clamores que ya apenas llegaban hasta nosotros, tomó cariñosamente su cara entre sus manos y le dijo:

—Este es el comienzo de un gran día. Vete a refrescarte y vestirte para la cena, aún nos quedan cosas que hacer. —Y se retiró indicándonos que fuéramos a nuestras habitaciones.

Mi señor estaba ebrio de gloria y he de decir que yo también. Las sirvientas se ocuparon de bañarnos, perfumarnos, maquillarnos y vestirnos para la ocasión. Unos relajantes masajes culminaron la tarea de dejarnos como nuevos.

La cena, más que protocolaria, fue festiva. Las risas constantes, la buena mesa, las actuaciones de las bailarinas, los rapsodas (que se ciñeron a solo textos bélicos) eran aplaudidos con más vigor que en otras ocasiones. Los comensales se levantaban de sus mesas e intercambiaban comentarios entre ellos.

Mi señor estaba feliz, y yo con él.

Al fin, llegó el momento de retirarse y mi señor y yo hicimos el gesto de dirigirnos a nuestras habitaciones, pero la «innombrable» nos llamó y, sonriendo, con esa sonrisa permanente, afectada y siempre de cara a la galería, nos dijo:

—Esta noche verás apostados dos soldados de la guardia real ante la puerta de tus habitaciones. Estarán ahí para tu protección, pero esta noche en particular también lo estarán para que no salgas de palacio. Mañana te quiero fresco, serán muchas las ceremonias a las que tendremos que acudir.

Mi señor intentó protestar, pero ella puso un dedo en sus labios y continuó:

—Sabemos más de lo que crees.

Nos miramos ambos, sin acertar a comprender cómo podían haber llegado hasta ella las noticias de las andanzas nocturnas de mi señor, pero nos estaba dejando claro que habían llegado a su conocimiento.

—Por cierto —añadió, con una mirada de soslayo hacia mí—, creo que ya va siendo hora de que duermas sin la presencia de tu sirviente.

Esa noche seguimos compartiendo habitación, aunque yo no pude dormir pensando que me iban a alejar de mi señor. A juzgar por su profunda respiración, la noticia no generó en él ninguna preocupación.

A la mañana siguiente, al amanecer ella se dirigió al templo a realizar los ritos diarios, mientras mi señor se ocupaba en preparar el desfile de parte de los soldados que nos habían acompañado en la contienda: las representaciones de las diferentes compañías, la selección de los prisioneros que nos acompañarían, el orden en que desfilarían todos, el vestuario, etcétera.

Por fin salimos de palacio hacia el templo.

El pueblo estaba ante nosotros. Tebas se había engalanado con el fin de recibirnos a nosotros, así como a los visitantes de otras partes del reino que se habían desplazado para la ocasión. Era una gran fiesta, y al pueblo le gustan las fiestas.

Imaginé que había actuaciones callejeras de encantadores de serpientes, tragadores de fuego, etcétera, pero eso nosotros no podíamos verlo. Un muro de gente vociferante aclamándonos se había formado a cada lado de la avenida. Avanzábamos despacio. Mi señor, al frente, montado en su carro dorado, subido sobre el pedestal que siempre llevaba en él. Los demás íbamos a pie.

Llegamos ante las puertas del templo, donde nos esperaba la «innombrable» sentada en su trono de oro, con toda la parafernalia unida a su cargo: bajo palio, la doble corona sobre su cabeza, el bastón y la fusta cruzados sobre su pecho. Los cortesanos que la acompañaban, situados a prudente distancia.

Esta vez no se levantó. Dejó que mi señor se acercara hasta ella y, cuando él se arrodilló, le mandó levantarse con un gesto y le señaló que se pusiera a su lado, de pie. Con un simple ademán acalló a la vociferante muchedumbre y habló sin levantarse.

—Hoy es un gran día para Egipto. Nuestros enemigos han aprendido que no se pueden cruzar nuestras fronteras y salir incólumes del intento. Nuestro ejército los ha pisoteado. —Cada pausa que hacía debía ser más larga de lo normal debido a los continuos gritos de apoyo del pueblo—. Destruidos, aniquilados, tardarán en volver a intentarlo. —Una nueva pausa, y continuó diciendo—: Y todo ello es gracias al valor de nuestros soldados, al valor de nuestro pueblo, el pueblo de Egipto. Pero sobre todo, esta victoria se la debemos al buen hacer de nuestros generales; y más aún, al buen hacer de un hombre joven, vigoroso e inteligente que ha sabido coordinar nuestras fuerzas para aplastar al enemigo sin titubeos. Estoy refiriéndome al gran Tutmosis —aquí la pausa tuvo que ser más larga—, digno hijo de una raza de generales. El gran Tutmosis, al que me complace poner este pectoral en recuerdo de su gran gesta.

Y entonces fue cuando se levantó y, tomando un pectoral que le ofreció uno de sus asistentes, se lo puso personalmente a mi señor. Me pregunto si no lo planeó así adrede, con la idea de señalar la diferencia de estatura. Ella no era precisamente alta, pero mi señor apenas pasaba de su hombro; por eso llevaba siempre una plataforma en su carro, por su baja estatura. Pero mi señor se hallaba exultante, feliz y orgulloso por esos días de gloria. Incombustible. Tanto, que fue incapaz de percatarse de que «la innombrable» había hecho hincapié expresamente en su descendencia de «sangre de generales», cierta, por otra parte. Su abuelo y su bisabuelo lo fueron, aunque también fueron faraones, pero a ella siempre le gustaba remarcar que mientras por sus venas corría sangre real, por la de mi señor no se podía decir lo mismo. No podía evitar sacar el tema en cuanto se presentaba la ocasión.

Hubo más ceremonias, más desfiles, se condecoró a los soldados más destacados, se adjudicaron ascensos, comimos, bebimos y continuamos festejando todavía dos días más, y luego todo volvió a la normalidad.

A modo de resumen, puedo decir que mi señor disfrutó de sus días de gloria; y que ella dejó bien clara su postura: el faraón era ella, el heredero de Amón era ella, y mi señor se convertía en general de los ejércitos no solo por nacimiento, sino también por méritos propios.

De faraón a general. A eso se le llama bajar peldaños.

Desde entonces, en los círculos más íntimos ella llamaba a mi señor, cariñosamente, «mi generalito», en clara alusión a su estatura; y él la llamaba a ella, no menos cariñosamente, «esa puta vieja». Pero he de decir que su relación, en general, era «cordial».

6. ADIÓS A LA SOLTERÍA

Y hablando de cambio de estatus, en esos días también mi vida dio un giro de ciento ochenta grados.

Habían terminado las festividades y mi señor y yo nos encontrábamos en sus aposentos dispuestos a acostarnos, cada uno en su sitio de costumbre, cuando él se acercó a mí y me dijo:

—Creo que esa puta vieja tiene razón y que ya es hora de que yo duerma solo y tú tengas tus propias habitaciones. Se acabó el dormir junto a la puerta de mi dormitorio. —Sin yo advertirlo, mi cara debió expresar sorpresa y él lo advirtió, así que continuó—: No te preocupes, seguirás siendo mi escriba. De hecho, te asciendo a escriba oficial del heredero desde este momento e irás donde yo vaya y estarás a mi disposición a cualquier hora del día o de la noche.

—Gracias, mi señor. Oigo y obedezco —acerté a contestar.

—Déjate de florituras. —Sonrió—. Nos conocemos desde niños y hemos vivido muchas cosas juntos, y las que viviremos, pero además voy a hacerte un favor más. —Lo

57

miré interrogativamente y prosiguió—: Voy a presentarte a una hermosa muchacha. —Ante mi sonrisa me corrigió—. No, esta vez no se trata de una chica más para divertirte esta noche. Quiero que te cases. —No me dejó interrumpirle—. Quiero que tengas una compañera en todas tus noches y en todos tus días. Que tengas hijos, que formes una familia. Nos vamos haciendo mayores y creo que ya ha llegado la hora. Además, esto será como un servicio más que harás para mí. Esa puta vieja se niega a desposarme con su hija. Aduce que soy demasiado joven e inexperto, que no puede darme a su hija por esposa para que vaya a su lecho ahíto de vino y la trate como a una prostituta, que debo aprender primero a comportarme como esposo. De modo que me ha propuesto que tenga alguna esposa previamente y... «me entrene». Pero yo, de momento, solo me casaría con Nefereru para obtener la corona, pues en realidad no quiero esposas. Aun así, he puesto en marcha a las casamenteras de palacio y me han ofrecido una chica complaciente, sumisa y capaz de llevar la organización de una casa. Una chica para prepararme, pero que nunca podría ser esposa real, papel que en principio, como te digo, está reservado a Nefereru. Después he pensado que sería la esposa perfecta para ti; además, me podrías ir contando cómo es la vida de casado. Es decir, que como no quiero casarme todavía, tú me irás dando información de en qué consiste estar casado.

No sabía qué contestar. Por la educación recibida, algo me decía que debía responder a su propuesta con el oído y la obediencia, pero... ¡casarme con una desconocida, así, de pronto, me parecía demasiado difícil de aceptar! Al final, saldrían de mi boca esas palabras mágicas que todo buen egipcio tiene bien aprendidas: «Oigo y obedezco», pero él intuyó mis dudas, así que continuó sin dejarme hablar.

—Creo que te gustará. No sé si te hará feliz, porque, de hecho, no sé si el matrimonio hace feliz a alguien, pero te gustará. De todas formas, no estás obligado a hacerlo, por supuesto. Conócela, habla con ella y, luego, decide. Mañana por la mañana, te la presentarán. Si en esa primera cita no te decides, podrás tener otra. Es lo normal, lo que hacen las casamenteras, ¿no?

Al día siguiente acudí a ver a la casamentera que me indicó mi señor. Era una mujer mayor, como es natural en estos casos. Me recibió en uno de los aposentos del recinto real. Era sencillo, pero limpio y ordenado. No sé si era su vivienda; probablemente, no. Las casamenteras solían ir y venir, por lo que yo sabía entonces. Me miró con ojos escudriñadores y expertos.

—Así que tú eres el chico a quien Tutmosis quiere casar, ¿eh? Tengo algo para ti, algo que tu señor ya ha elegido, pero tú tienes la última palabra —me dijo.

—¿Conoce mi señor a la chica? —contesté sorprendido.

—No, no es necesario. Tengo mucha experiencia en estas cosas y sé perfectamente lo que necesitas. Él se ha fiado de mis apreciaciones y mi profesionalidad. Y ha hecho bien —dijo con un tono de orgullo, y continuó hablándome de la chica—: Se llama Estrella de la Noche y te gustará. Estoy segura de que te gustará. Será la mujer que te hará compañía a partir del momento en que os caséis. No me refiero solo al lecho conyugal, que me parece que de eso ya sabes tú bastante; me refiero a la mujer que te ayudará a tomar tus decisiones en la vida. Será tu compañera, tu consejera, tu amante y la madre de tus hijos. —Mi cara me estaba, una vez más, delatando, porque ella continuó diciendo—: ¡Bah! A tu edad no tienes ni idea de lo que es eso, pero te vendrá bien. Muy bien. Ya es hora de que sientes la cabeza.

Dio unas palmadas y sin más apareció por una puerta lateral una chica joven, de unos quince o dieciséis años, morena, de pelo oscuro y ojos negros y redondos. Su mirada, dirigida hacia el suelo; caminaba despacio y se quedó a unos pasos de mí, ante la casamentera. Si me miró, lo hizo con suficiente disimulo. No dijo ni una palabra al entrar. Yo sí la miré, pero tampoco lo hice de forma descarada. Nunca me había visto en semejante situación y no sabía muy bien cómo actuar.

—Bueno, parejita —dijo la casamentera—, si tenéis algo que preguntarme, ahora es el momento, pero supongo que es mejor que antes habléis entre vosotros; podéis hacerlo aquí mismo. Yo me marcho. Si aquí os encontráis incómodos, podéis salir al jardín y dar un paseo. Eso desatará vuestras lenguas. Solo quiero deciros una cosa, no tenéis que preocuparos por los asuntos económicos. Tutmosis se ha ocupado de todo. Tú eres ya escriba real, así que vuestro futuro está asegurado. Con tus padres —y en ese momento se dirigió a Estrella—, ya está todo arreglado. Ahora depende de vosotros.

Y salió sin más, dejándonos solos. Nos miramos sin saber muy bien qué decir.

—Bueno, ahora nos toca a nosotros —dije yo con poco convencimiento y una sonrisa nerviosa.

—Eso parece —contestó ella con la misma actitud.

—¿Tú quieres casarte? —le planteé directamente.

—Es la edad, ¿no?—respondió con un leve encogimiento de hombros.

—Me parece que nos han metido a los dos en un lío, sin más —acerté a contestar.

—¿No quieres casarte? —me preguntó sorprendida, pero con esa duda dio inicio a una reflexión abierta para los dos.

—No me lo había planteado.

—Entonces, ¿por qué has acudido a la casamentera?

—En realidad, no fui yo, fue Tutmosis el que decidió por mí.

—Y... ¿qué te parece la idea?

—No lo sé. Ya te digo que no me lo había planteado, pero supongo que ya es hora.

—O sea, que piensas seguir adelante.

—Sí, ¿por qué no? Al fin y al cabo, alguna vez hay que hacerlo.

—Con esa actitud, no sé qué decirte. No creo que sea cosa de buscar el matrimonio así, sin más, porque hay que hacerlo. Además, no sé... Yo... ¿te gusto?

—Me pareces bien.

—¿Te parezco bien? —Aquí elevó la voz un tanto enfadada—. ¿Eso es lo que piensas, que te parezco bien?

—Perdona —dije e inmediatamente hice un gesto conciliador interrumpiéndola—. Estoy nervioso. No puedo decir que esté enamorado. Tampoco espera eso nadie de ninguno de nosotros dos. No nos conocemos, pero me gustas. Y si he de serte sincero, que esa expresión que he usado no te guste… me gusta. Si me caso, tengo claro que ha de ser con una persona que me ayude a tomar decisiones en mi vida, y me parece que tú vales para eso y para mucho más.

—Es un buen principio —dijo y sonrió abiertamente.

Fuimos a dar un paseo por el jardín. Los dos nos dimos cuenta enseguida de que la casamentera no había mentido cuando dijo que conocía su oficio. Así fue como Estrella se convirtió en parte de mi vida; una parte muy importante que me acompañó durante largos años, soportó mis ausencias motivadas por las diferentes campañas en las que acompañaría a mi señor, crió y cuidó de mi hijo y me ofreció su cariño y comprensión. No sé si eso es amor, pero eso es lo que yo he conocido y me siento satisfecho con ello. Un motivo más para estar agradecido a mi señor.

Nuestros cuerpos jóvenes respondían bien a la llamada del deseo y pronto mi esposa me comunicó su primer embarazo. Entramos así en ese período de dulce espera embargados por la expectación y la incertidumbre. Al fin nació nuestro primer hijo, un varón fuerte y sano que llenó la casa con sus gritos, sus risas y sus llantos.

Contratamos un ama de cría, como correspondía a la esposa de un escriba real, una mujer joven y fuerte que había perdido su hijo al nacer. Así, mi hogar se convirtió en un reino de mujeres con sus cuchicheos y sus risas en el que poco tenía que hacer yo. No me importó; lo cierto es que durante el día mi señor me mantenía siempre ocupado, siempre a su lado. Solo por las noches me dejaba libre, excepto cuando me llamaba por cualquier asunto que no podía esperar.

7. COMIENZA LA LUCHA POR EL TRONO

Mi señor, a veces, me preguntaba por mi matrimonio, como si eso fuera a darle alguna pista para imaginar cómo sería el suyo. No podía decirle gran cosa. Mi vida era plácida y sencilla, la suya nunca sería así.

Entre tanto, Estrella y yo íbamos implicándonos en la vida palaciega. Ambos habíamos pasado unos cuantos años en el templo, de modo que teníamos amigos allí y los veíamos con bastante asiduidad, porque el trasiego de personas de uno a otro edificio era constante.

Por otro lado, mi señor era muy querido entre los militares. Los soldados lo adoraban y los generales lo respetaban, sin lugar a dudas. Había demostrado su valor y su buen hacer en aquella contienda a pesar de su juventud. Se los había ganado a todos.

Para el resto de la corte, yo era el escriba real, lo cual me situaba en un puesto elevado; y también tenía amigos entre ellos, los que apoyaban a Tutmosis, por supuesto, porque resulta que en la corte las amistades se hacen y deshacen por interés.

La «innombrable» siempre estaba rodeada de sus seguidores. Su amante Senmut, su consejero Baniti, Inui, el portador del sello, y, por supuesto, los nomarcas que la apoyaban, aunque en realidad lo único que querían era mantener su puesto.

Sin apenas darnos cuenta se estaba fraguando una fractura en su estructura de Estado. El ejército simpatizaba con mi señor, es verdad, pero ella seguía teniendo las riendas del poder al ser la única que podía distribuir las riquezas a su antojo.

Se defendía cada vez que mi señor le pedía la mano de Nefereru. Quería demorar esa decisión, ya que en el momento en que consintiera, eso suponía para ella la pérdida total de su poder. Tutmosis casado con Nefereru suponía un peligro inminente: podía exigir sus derechos de heredero y hacerse con la corona, por mucho que ella se hubiese autodeclarado «Hijo de Amón».

A nosotros, nos planteaban ese dilema a menudo y desde varios estamentos. Tanto desde el templo como desde el ejército, le pedían a mi señor que forzara la situación, que no cesara de insistir en la necesidad de ese matrimonio.

La defensa de ella —ese pedir a mi señor que primero se hiciera con segundas esposas y demostrara que podía ser un buen padre de familia— era casi absurda; sin embargo, entre el alto clero esto parecía algo natural. No acabábamos de entenderlo y suponíamos que había algún interés de por medio que escapaba a nuestra comprensión.

Mientras tanto, mi señor continuaba con sus salidas nocturnas siempre que le apetecía, pero observé algo distinto en él. Le estaba dedicando mucho tiempo a los entrenamientos de su ejército: los carros, el adiestramiento de los caballos (un asunto crucial para cualquier ejercicio militar), los arqueros... Disponía de un nuevo arco con mayor alcance, así que supuse que, en parte, a eso se debía su especial dedicación. Eso pensaba yo y muchos de nosotros, pero también nos hizo ver que se estaba tomando más en serio su futuro. En realidad, nos estaba preparando una sorpresa. Una sorpresa que había llevado con el mayor de los sigilos.

Nos encontrábamos en los jardines de palacio, en una de esas cenas semiprotocolarias que se celebraban a menudo, en las que la «innombrable» se rodeaba de todos sus adeptos y algún personaje al que le interesaba conquistar. Estábamos junto al lago artificial, en una hermosa noche estrellada, amenizados como de costumbre con la música, la danza, algunos acróbatas, animales exóticos que mostraban sus habilidades guiados por sus domadores, etcétera.

Esta vez, y como probable corolario, unas barcas doradas arribaron procedentes del otro lado del lago. Los remeros eran unos hermosos mancebos y, en las barcas, unas doncellas entonaban bellas canciones de amor.

Cuando llegaron a la orilla, los jóvenes tomaron en sus brazos a las cantantes y las depositaron graciosamente en el suelo. En las barcas quedaron las encargadas de tocar los diversos instrumentos, de tal manera que su música acompañaba los pasos de baile de sus compañeras.

Solo los diversos pebeteros, hábilmente dispuestos, iluminaban la escena en la que los cuerpos de las danzarinas, antes cantantes, brillaban ungidos en aceites olorosos. Los mancebos, que hasta entonces habían servido de remeros, ayudaban al enriquecimiento de la escena sujetando también más pebeteros en sus manos y moviéndose graciosamente entre las danzantes con sus cuerpos semidesnudos ungidos de igual manera.

Era un espectáculo digno de un faraón. Cuando terminó y parecía que se iba a dar por concluida la noche, mi señor se acercó a la «innombrable» y le pidió permiso para mostrar una nueva diversión ante todos los presentes. Lo hizo en voz alta, así que pudo ser oído por muchos de los allí reunidos.

Ella le dio su permiso y, a una indicación de mi señor, un siervo salió disparado para dar la señal de comienzo. Entonces empezamos a oír tambores que marcaban el ritmo acompasado a un pequeño ejército de arqueros que entró inmediatamente, en perfecta formación, en los jardines. Algunos de los presentes se revolvieron en sus asientos inquietos ya que nunca había entrado un ejército en el palacio real. Soldados, sí, pero de la guardia real. Otros temieron estar en primera fila, imaginando sin remedio un golpe de Estado.

Los soldados entonaban, al mismo tiempo que desfilaban, una canción al ritmo de los tambores y de sus pies:

Retumben, retumben,
retumben los pies.
Cantemos, cantemos,
la gloria de los cien.

Eso cantaban los soldados, mientras se acercaban hacia nosotros despacio y acompasadamente, sin romper la formación. Les acompañaba un rapsoda. Ahora, los tambores callados. Solo el golpear, al unísono, de sus pies servía de acompañamiento. Cada vez que terminaban su estribillo, paraban su marcha y callaban todos, dejando la escena en el más absoluto silencio y, entonces, él, el rapsoda, recitaba su parte.

Suenan los timbales,
el ejército avanza.
Ya los generales
ordenan la matanza.

Retomaban, luego, los soldados la marcha repitiendo
el estribillo:

Retumben, retumben,
retumben los pies.
Cantemos, cantemos,
la gloria de los cien.

Chocan las espadas.
silban las saetas.
La sangre derramada
es canto de poeta.

Retumben, retumben,
retumben los pies.
Cantemos, cantemos,
la gloria de los cien.

¡Oh, Egipto glorioso!
¡Oh, Egipto amado!
Volvamos victoriosos
con el botín ganado.

Retumben, retumben,
retumben los pies.
Cantemos, cantemos,
la gloria de los cien.

Mientras este canto entonaban, se iban acercando a nosotros, haciendo coincidir el final de este himno con su llegada hasta donde nos hallábamos. En ese momento, y sin mediar palabra, echaron a correr formando un círculo perfecto a nuestro alrededor.

Los cortesanos estaban asombrados, pero también asustados, sin lugar a dudas. La guardia real, apostada en los muros de palacio, se aprestó a la defensa desenvainando unos sus espadas y apuntando otros con sus flechas a la espera de una mínima señal de la «innombrable». Pero esta se limitó a hacer una señal tranquilizadora y sonrió como si estuviera al corriente de todo.

Los soldados comenzaron a apagar los pebeteros dejando solo dos que estaban junto al faraón; y en esos pebeteros que apagaban previamente prendían la punta de sus flechas, sustituyendo una luz por otra. Perfectamente posicionados en su círculo clavaron en el suelo unos pebeteros que traían a tal efecto y que mantenían apagados. Decir que la corte estaba expectante es poco. Estaban asustados. Eso sí es seguro.

Una vez realizadas todas estas maniobras, montaron las flechas en sus arcos y apuntaron con ellas hacia arriba, hacia el cielo de Egipto, ese cielo nocturno característico de las noches de África, plagado de estrellas, y que esa noche estaba desprovisto de su Luna. La oscuridad que nos rodeaba era casi absoluta. La luz que proporcionaban las flechas encendidas era escasa.

Entonces, oímos un golpe, un solo golpe de tambor, y las flechas salieron raudas hacia su, para nosotros, desconocido destino. Fue solo un instante, ese en el que todos los ojos miraron asombrados esa especie de tienda de fuego que se formó durante unos segundos sobre nuestras cabezas, porque las flechas realizaron un semicírculo perfecto sobre nosotros cruzándose en el punto medio y yendo a clavarse, cada una de ellas, en el pebetero que tenía cada soldado clavado ante él y situado justo enfrente del punto de partida de la flecha, en el interior del círculo que habían formado alrededor de nosotros.

El asombro, así como el alivio, fueron generales. Tanto que, de momento, los presentes no supieron qué hacer. Pero la «innombrable», sí. Inmediatamente aplaudió y se dirigió a mi señor abrazándolo y dándole las gracias por tan maravilloso espectáculo. Entonces fue cuando toda la corte se unió a sus aplausos. Aplausos que ella se apresuró a acallar con un gesto y, entonces, dijo en voz alta:

—En agradecimiento por tan maravilloso espectáculo, y por la gran dedicación que sin duda has necesitado para llevarlo a cabo, voy a dar un pequeño obsequio a todos los aquí presentes. Se dirigió a su sitio e hizo una señal a uno de sus servidores. No le hizo falta nada más.

Enseguida volvió a oírse la música, ahora procedente del lago, de la otra orilla. Dos barcas doradas más se unieron a las que ya habían llegado. En una iban las intérpretes de la música. En la otra, aparentemente, solo los remeros. La barca de los músicos se quedó en la orilla, sin más. La otra, los remeros, ayudados por sus compañeros, la sacaron enteramente a tierra firme y la dejaron a los pies de la «innombrable». Fue en ese momento cuando pudimos ver que estaba llena de piedras preciosas.

Las bailarinas cesaron su danza. La música calló y ella volvió a hablar.

—Es tanto mi agradecimiento por esta labor que habéis hecho para sorprenderme, cosa que sin duda habéis conseguido, que voy a demostrároslo de forma fehaciente.

Sé lo que cuesta realizar el entrenamiento suficiente para realizar tan gran proeza. Sé que las armas que os hemos concedido son de nueva factura y muy precisas, pero la precisión en su uso es fruto de arduos días y noches de entrenamiento. Y habéis mantenido en secreto toda esa labor para agasajarme. Os lo agradezco profundamente. Tanto a vosotros, soldados arqueros de la compañía de Sobek, como a mi bien amado Tutmosis. Esto me demuestra que este amor es mutuo; algo que no necesitaba demostración, por supuesto. Pero no solo estáis demostrando amor por vuestro faraón, sino también amor a Egipto. Esta dedicación hace del ejército del faraón lo que es: el ejército más poderoso del mundo, el mejor entrenado y el mejor armado. No hay que dudar de que si Egipto es lo que es, si vivimos una época de paz y prosperidad, es gracias al temor que despertamos en nuestros enemigos, gracias al temor que vosotros, soldados, despertáis en nuestras fronteras. Así que, para que no olvidemos este gran día, ahora pasarán estas hermosas muchachas unas bandejas llenas de gemas ante vosotros y cada uno podrá elegir aquella que más le agrade, como recuerdo y muestra de agradecimiento del faraón.

Los soldados y la corte entera estallaron en aplausos. Las muchachas, de hermosos y turgentes pechos desnudos, se inclinaron ante cada uno de los cortesanos, ante cada uno de los soldados, y les ofrecieron sus bandejas desbordantes de piedras preciosas para que eligieran aquella que más le gustara.

Acabado el reparto, pidió la «innombrable» nuevamente silencio. Dispuso apagar todos los pebeteros, excepto los dos que tenía a su lado. Ella misma cogió uno de ellos y lo colocó a unos dos codos de su persona, delante de ella, y también lo apagó. Hizo entonces una señal y un arquero de la guardia real que estaba situado sobre el muro que rodea el palacio, prendió una flecha y la disparó. La saeta luminosa cruzó prácticamente todos los jardines. El arquero se hallaba lejos, muy lejos, pero su flecha, en una parábola perfecta, se clavó directamente en el pebetero que ella acababa de apagar; ella, que se había mantenido allí, quieta, sonriente, impávida. Un pequeño error podía haber acabado con su vida. Pero era consciente del valor de esa puesta en escena. Siempre lo supo. Y se arriesgó.

Todos volvieron a estallar en aplausos que ella acalló con un gesto.

—El maravilloso espectáculo que acaban de ofrecernos estos jóvenes arqueros es una muestra de la buena preparación de nuestro ejército, lo cual debemos agradecer indudablemente a nuestro general (por un momento estuvo a punto de decir «generalito», estoy seguro), aunque he visto que ha despertado cierta inquietud en algunos de vosotros. Os recuerdo que estáis en la casa del faraón, el lugar más seguro de Egipto y que, si bien nuestro ejército está bien preparado, la guardia real, también, como habéis podido comprobar. Gracias sean dadas a los dioses por disponer de tales defensas: un ejército bien entrenado y una guardia real altamente eficiente. Todo esto nos permite mantener en paz nuestras fronteras, pues nuestros posibles enemigos son sabedores de la potencia militar de Egipto, como ya he comentado antes. Y bien está que nos teman en el extranjero, pero no temáis nunca vosotros, mis amigos, que dentro del recinto del palacio real pueda suceder nada que amenace vuestra seguridad.

Entonces dio una palmada y otro rapsoda surgió de la nada y comenzó a recitar:

¿De dónde tal riqueza
sin lanzar una saeta?
La paz bien gobernada
nos trae su soldada.

Egipto poderoso,
Egipto enriquecido.
De dioses glorioso,
por faraón protegido.

Sus templos erigidos,
su pueblo alimentado.
Aquí hemos llegado,
de faraón por la mano.

¡Gloria a Hatsepshut!

Y así fue como aquello que tanto esfuerzo le había costado a mi señor, la «innombrable» le dio la vuelta, buscando ganar esta partida. La guerra entre ambos no había hecho más que comenzar.

Cuando todos se hubieron retirado, me reuní con mi señor en su cámara para comentar con él los recientes acontecimientos.

—Me parece que les hemos dado un buen susto —dijo él sonriente.

—Sí, pero hay que reconocer que «ella» ha sabido estar a la altura de las circunstancias —le contesté yo con cierto tono de tristeza.

—Estamos solos. Tienes mi permiso para llamarla también «puta vieja» —me sugirió, riéndose al mismo tiempo.

—Lo que es verdad es que habéis demostrado que tenéis capacidad para introducir el ejército dentro de palacio sin que nadie se entere. Por cierto, ¿cómo lo habéis conseguido? —quise saber, curioso ante tal hazaña.

—Ha sido muy sencillo. Cuando se preparan estas fiestas entran en palacio innumerables carros con las vituallas, y algunos de esos carros tenían exceso de carga. Mis hombres iban ocultos en ellos.

—Lo descubrirá y, a partir de ahora, me parece que tendrá más cuidado.

—Seguramente, pero yo no me voy a dedicar a darle más sustos, de momento…

—El problema es cómo reaccionará. Seguro que no le ha gustado mucho la intromisión de cien arqueros en su jardín. No creo que se conforme.

—Ni yo tampoco, pero creo que ya es hora de que vaya viendo que soy el heredero al trono, y que no estoy solo.

—Sí, eso lo habéis dejado bien claro.

Pronto conoceríamos la reacción de la «innombrable» (mi osadía no llegaba a tanto como para llamarla «puta vieja», aunque tuviese el permiso de mi señor), con motivo de otra de las actividades palaciegas.

8. LAS PRIMERAS BAJAS
DE LA GUERRA

Ese había sido el comienzo de una batalla interna, y eso lo sabíamos bien. Pronto conocimos la reacción de la «innombrable».

Se programó una cacería de patos para toda la corte. Un divertimento con miras a estrechar las relaciones entre unos y otros, como todas las actividades reales. Mi señor no era aficionado a esta práctica cinegética, prefería ir al desierto a cazar gacelas, o incluso leones, pero ella insistió en que acudiera; y yo, naturalmente, lo acompañé.

Nos desplazamos río abajo, hacia el delta. Era una excursión de varios días. Una reunión de gente relajada y ociosa que viajaba en embarcaciones con toda clase de comodidades y que amenizaba su camino con diferentes actuaciones. También se hacían paradas para reunirnos todos en las diferentes horas de las comidas.

En esas ocasiones, se hablaba de todo. En las conversaciones generalizadas, no faltaban las risas y la conversación era distendida, pero también había reuniones más íntimas, en las que se movían los hilos y se captaban impresiones en busca de una mejora de la propia posición, o de cara a eliminar a algún competidor que impidiera un ascenso.

Mi señor no se relacionaba mucho con la corte —ese era el terreno de la «innombrable»—, pero sí se relacionaba con sus partidarios, que también los tenía. Estos eran en su mayoría gente dedicada a las armas, o que sentía atracción por ese ambiente.

En ese círculo, en el de las armas, se había instalado una desilusión generalizada por la falta de campañas militares en el noreste de nuestras fronteras. A pesar de que las relaciones con estos países eran aparentemente satisfactorias, en los últimos tiempos se observaba que se estaban volviendo más remisos en los pagos de las contribuciones pactadas, y que incluso estaban aplicando reducciones.

Era una discusión constante. Mientras unos valoraban el coste de una campaña militar a la hora de decidir si era económicamente positivo entrar en acción, otros valoraban el hecho de que una campaña militar exitosa conllevaría también una retribución en forma de armas, esclavos y demás riquezas con carácter inmediato; a lo que había que añadir el dominio efectivo sobre una extensión de una nueva tierra añadida a Egipto. Se barajaban toda clase de posibilidades, incluida la de embarcarse en una campaña militar y perder la guerra, aunque todos reconocían que esto era muy poco factible. En suma, mi señor era en esos momentos la cabeza visible de una opinión que Hatshepsut no contemplaba.

Así estaban las cosas en la corte en aquellos días. Además, era algo público, ya que a la «innombrable» le llegaban constantes peticiones en este sentido, pero ella seguía negándose a tomar determinación alguna sobre el tema.

Llegamos, por fin, a nuestro destino.

La caza se realizaba en pequeñas embarcaciones de fondo plano, idóneas para desplazarse entre los cañaverales y los papiros, en aguas someras. Estas barcas eran muy maniobrables, aunque hay que reconocer que también eran muy inestables; era difícil mantener el equilibrio sobre ellas. Quizá les resultaba más sencillo a los sirvientes que se ocupaban de guiarlas con una pértiga que apoyaban en el fondo para impulsarlas en la dirección adecuada.

Mi señor decidió quedarse sobre el armazón elevado que se había construido a tal efecto. Allí se hallaba también la «innombrable» y alguno de sus seguidores; desde allí se veía a los cazadores realizar sus maniobras. Era también desde allí desde donde se les iba dando instrucciones, mediante un sistema de banderas, para que se desplazaran en una u otra dirección. Mi señor se ocupó de dicha tarea de tal manera que, en vez de cazar, lo que hacía era una especie de ejercicio de estrategia militar. Eso sí le gustaba.

Desde nuestra posición podíamos ver a todos los participantes, y mi señor, con el código de banderas, les iba indicando hacia dónde debían ir; pero no era ese el único divertimento con el que disfrutábamos.

Aunque muchos de los cortesanos ya estaban avezados en el arte de la caza de patos sobre estas embarcaciones, eran frecuentes las caídas y los consecuentes remojones, lo cual provocaba la hilaridad de todos los demás, en especial de nuestro círculo, ya que éramos los mejor situados.

A pesar de este ambiente distendido y de las risas constantes, los participantes seguían fielmente las instrucciones que les llegaban desde nuestro puesto de mando. Se estableció primero un despliegue en semicírculo tomando nuestra posición como centro, y cuando ya las embarcaciones estaban a considerable distancia, se les hizo tomar posiciones y regresar al punto de partida para capturar las piezas que hubieran quedado ocultas entre la maleza en el barrido anterior. Algunos de nuestros cazadores ya habían empezado a dar muestra de su habilidad y contaban con varios patos en sus barcas.

A pesar de que la caza había comenzado al amanecer, el tiempo transcurrió muy deprisa. La mañana había sido fructífera. Los arqueros se mostraron muy hábiles, y todos estaban contentos esperando a ver si caía alguna presa más de las que aún quedaban por la zona. Hay que tener en cuenta que cuando una flecha alcanzaba su objetivo, luego había que ir a recobrar la pieza, lo cual les llevaba un tiempo.

Había pasado ya hacía tiempo el mediodía y los estómagos empezaban a entonar su canto, lo que significaba que debían terminar y acudir a comer. Fue entonces cuando sucedió.

Entre los participantes en la caza estaba el tesorero real, el portador del sello, uno de los personajes más importantes dentro del engranaje de la corona. Era el hombre que se ocupaba de firmar en nombre del faraón los documentos necesarios para la realización de las pequeñas y grandes compras de la corona, era quien dirigía a los escribas encargados de cobrar los impuestos… la persona ante la que todos se inclinaban, exceptuando al faraón.

Era un hombre amable, siempre muy ocupado. De hecho, no solía acudir a este tipo de eventos, pero esta vez había hecho una salvedad, por lo que todos nos alegramos.

En la polémica de la corte comentada —entre si realizar una campaña militar o no—, él no se inclinaba por ninguna de las opciones. Siempre decía que su labor era la de administrar las riquezas de Egipto y que era el faraón el que debía decidir cómo gastarlas. Él solo podía fijar los límites si el gasto era superior a lo que la corona podía asumir.

Se llevaba bien con mi señor. De hecho, en cierta manera participó en el espectáculo que mi señor había preparado en los jardines de palacio ya que fue quien le suministró los elementos necesarios; no los arcos y las flechas, pues eso era parte de los pertrechos habituales del ejército de mi señor, aunque en esta ocasión se utilizaran arcos de última generación, pero sí los vestidos, los aceites perfumados, los adornos en bronce que lucían los soldados, los pebeteros, etcétera. Poca cosa, aunque todo ello fue urdido a espaldas de la «innombrable» a fin de darle una agradable sorpresa en aquella noche de fiesta.

Pues bien, cuando ya empezaba a finalizar la caza, cuando ya incluso alguno de los participantes había dado el día por terminado y había bajado al pequeño embarcadero, improvisado para la ocasión, situado junto a nuestra posición, se acercó hacia nosotros el portador del sello en su barca. Venía sonriente y mostrando en su mano alzada el fruto de su pericia. No era mucho: tres o cuatro patos.

De repente, su barca zozobró y cayó al agua: él hacia un lado de la barca y su sirviente hacia el lado contrario. Pero esta vez no nos dio tiempo ni a reírnos porque lo que había hecho zozobrar su embarcación, o así nos pareció a nosotros, era un enorme cocodrilo que lo tomó entre sus fauces y, de inmediato, lo hizo desaparecer de nuestra vista.

Se formó inmediatamente un equipo de búsqueda, pero sin esperanza alguna de encontrarlo. El animal era grande y se lo había llevado. Sin más.

Tampoco apareció el sirviente que gobernaba la barca. Se supuso que había huido asustado, o que también a él se lo había llevado el cocodrilo, aunque esto último parecía poco probable. Normalmente, un cocodrilo con una víctima tiene bastante.

Algunos de los asistentes que se hallaban cerca del suceso dijeron que el cocodrilo llevaba una pulsera de oro en una pata, y esto lo corroboraron varios testigos. No era seguro, pero eso quería decir que el cocodrilo pertenecía al templo de Sobek.

Sobek, el dios cocodrilo. Sobek, el nombre del batallón al que pertenecían los arqueros que habían participado en la exhibición de los jardines de palacio. Y el portador del sello había ayudado a mi señor en la consecución de esa exhibición.

Muy propio de la «innombrable». Actuar en la sombra, a escondidas. Manejar los hilos de todo y de todos los que se mueven a su alrededor. Además, la desaparición del servidor era sospechosa; era más que probable que hubiera tenido algo que ver en los hechos. No se podía asegurar, pero tanto mi señor como yo sumamos dos más dos, y nos dio cuatro.

9. NUESTROS SEGUIDORES

Con este «accidente» se clausuraron las jornadas festivas de la corte. Sirvieron una frugal comida y volvimos todos a nuestras naves. De inmediato iniciamos el regreso a Tebas.

Se suspendieron los divertimentos, las actuaciones. Fue un regreso en silencio, triste y lleno de conversaciones en voz baja.

No solo mi señor y yo sospechábamos que el accidente no había sido tal. Ni tampoco éramos los únicos que pensábamos que tenía mucho que ver con la actuación sorpresa que mi señor había preparado. Los cuchicheos eran constantes y las elucubraciones, también.

Así que se formaron grupitos que hablaban entre ellos, destacando dos preocupaciones entre todas. Por un lado, que si había caído el portador del sello, nadie estaba a salvo. Por otro, que a la muerte del portador del sello había que nombrar otro.

Esto último produjo el natural nerviosismo entre los posibles candidatos y entre los amigos de esos posibles candidatos. En estos casos, siempre hay quien hace una apuesta interna para arrimarse a quien cree que puede alcanzar una posición que le pueda deparar cierta ayuda en un futuro que se adivinaba próximo. Situaciones típicas de la corte que mi señor odiaba y procuraba evitar.

El fallecimiento del portador del sello no era un acontecimiento cualquiera. Era un cargo muy significativo y se merecía un entierro digno, pero no tenían su cuerpo. No se podía realizar el rito de su momificación, ni se le podía enterrar en su tumba. Entonces, se procedió a un rito especial en el templo de Sobek, un rito encaminado a que el dios que se lo había llevado con él lo dirigiera hacia el mundo de Osiris, que ocupara el puesto de Anubis en este menester. Asistió toda la corte, como es natural.

Mi señor y yo mantuvimos una conversación sobre los recientes hechos. Y nos mostramos de acuerdo en muchos puntos. Por ejemplo, que esta reacción brutal por parte de la «innombrable» indicaba un temor irrefutable. Si no hubiese temido nada, hubiera dejado pasar la provocación de la fiesta sin más, o hubiera actuado de una manera más clara, sin encubrimientos. Pero tenía miedo. Por eso, lo planeó para que pareciera un accidente, aunque indicando claramente su participación. Había elegido el cocodrilo, representante de Sobek, como elemento de castigo. Quería que supiéramos que los dioses estaban de su parte y que tuviéramos cuidado con lo que planeábamos. Pero... ¿qué consecuencias podía tener todo esto para nosotros? Lo supimos de inmediato.

Aquellos que nos habían manifestado su amistad y apoyo empezaron a recular. Tenían miedo. Si el portador del sello, la figura más elevada después del faraón en la corte de Egipto, había sido eliminado sin pestañear, nadie podía sentirse ya seguro.

La amistad con mi señor se convirtió en un peligro. Por otro lado, mi señor seguía manteniendo su constante relación con el ejército. Era el general de generales, y en ese entorno todos se sentían más seguros. Pero ya las cosas se ejecutaban con más precaución. Lo que hasta ahora no había pasado empezó a suceder, desde ese mismo momento. En las reuniones, en las cenas de palacio, en los diversos eventos cortesanos, se empezó a notar claramente que existían dos facciones. Esos silencios repentinos cuando se acercaba alguien que podía no ser de confianza, ese hablar en voz baja, esa frialdad en algunos saludos... La corte estaba dividida.

Nos llegaron todo tipo de comentarios. Cosas que nunca antes se habían manifestado, ahora se recordaban. Se hablaba de la muerte de la madre de mi señor, una simple concubina que fue apartada de la corte y que luego murió en su casa como resultado de la mordedura de una cobra. Se decía que había sido también una maniobra de la «innombrable» para quitar de en medio un elemento molesto, para borrar la existencia de la madre del heredero y optar ella más tranquilamente al trono.

Habían pasado ya muchos años de eso. De hecho, mi señor ni siquiera conoció a su madre, pero este «accidente» removió recuerdos y murmuraciones que se creían sepultadas por el olvido. Estaba claro que nos enfrentábamos a un nuevo período dentro de palacio; la batalla había comenzado.

De todas formas, pronto hubo un alto en esa lucha interna ya que poco después de proceder a los ritos adecuados relacionados con la muerte del portador del sello, y antes de que se nombrase a su sucesor, nos llegaron noticias de una nueva incursión en la frontera sur, de modo que volvimos a formar un ejército para salvaguardarla.

No acierto a contar nada especial de esta campaña; nada que no se haya contado ya. Las mismas preparaciones de siempre, el mismo acompañamiento de siempre..., y otro éxito que sumar al haber de mi señor.

Nuevo baño de multitudes a su regreso. Yo creo que ya nos íbamos acostumbrando.

10. LA CEREMONIA DE LA OPET

Si bien celebrábamos nuestros triunfos bélicos, esto no era óbice para realizar otro tipo de celebraciones.

Todos los años se llevaba a cabo el rito de la Opet, una ceremonia en la que Amón-Ra, acompañado de su esposa Mut y de su hijo Jonsu, visitaba a Amón-Min. Desde luego, en Egipto se celebraban, y se siguen celebrando, muchas fiestas de carácter religioso, pero esta tuvo en esta ocasión una especial relevancia.

Con esta ceremonia se realza la unión entre Amón-Ra y el faraón y es, a la vez, una fiesta de la fertilidad que se realiza en plena crecida del Nilo para solicitar de los dioses su ayuda en la próxima cosecha. No olvidemos que Min es el dios masculino de la fertilidad.

En esta fiesta, cada uno de los tres dioses (Amón-Ra, Mut y Jonsu) es trasladado de uno a otro templo en su barca sagrada personal, y se puede añadir una cuarta barca si el faraón desea acompañarlos durante toda la procesión. Estaba claro que Hatshepsut iba a utilizar ese privilegio.

El faraón mandó construir una gran avenida que uniera ambos templos. La tradición decía que las barcas sagradas debían ir por el agua de un templo al otro. En ambos templos había embarcaderos y el traslado desde el templo al embarcadero, y viceversa, se realizaba a hombros de los sacerdotes. Pero ella tenía otros planes.

La construcción de la avenida en sí no entrañó grandes problemas. Era larga, pero no dejaba de ser una simple avenida, sin más. Sin embargo, su diseño era, como mínimo, original. Senmut hizo pintar todo el suelo de la avenida con una representación del padre Nilo. Los verdes, azules y dorados presentaban con toda nitidez la superficie de las aguas. En finas transparencias se entreveían las carpas, los siluros y toda clase de peces tan bien conocidos por todos, y lo hacían con tal profusión y verosimilitud que a más de uno le dieron ganas de echar su red para llevarse un buen pescado a la boca. De vez en cuando, se veía algún pez saltando fuera del agua, mostrando entonces todos sus vivos colores a plena luz del sol. También los patos tenían su lugar, y ahí estaban: unos nadando en solitario, otros, acompañados de sus polluelos bien alineados en perfecta formación. No faltaba algún hipopótamo asomando su nariz entre las aguas, ni algún cocodrilo tomando el sol en la ribera, así como las representaciones de los dioses Taweret, el hipopótamo hembra, y Sobek, el dios cocodrilo creador del Nilo.

En la avenida, a ambos lados, unos magníficos árboles plantados recientemente proporcionaban una sombra placentera. Palmeras, sicomoros, acacias e incluso algún árbol de mirra para perfumar el ambiente. En algunas zonas, un pequeño estanque albergaba pequeñas islas de papiros y flores de loto. El resultado era majestuoso y espectacular.

Con todos estos fastuosos preparativos, a nadie extrañó que Hatshepsut anunciara que iba a formar parte de la procesión. No hay que olvidar tampoco que esta era una prerrogativa del faraón; en definitiva, una forma más de resaltar su posición por encima de la de mi señor. Y llegó por fin el día.

Se dispuso que el pueblo ocupara ambos lados de la avenida. Al amanecer, sonaron los tambores, los sistros y los cantos de los sacerdotes.

La gran barca de oro de Amón iniciaba la comitiva. Cuando el pueblo vio asomar su proa por las puertas del templo estalló en júbilo, y, pronto, lenta y rítmicamente, fue tomando el camino de la avenida transportada a hombros por los sacerdotes. Cincuenta sacerdotes, a cada lado, tuvieron el privilegio de realizar esta labor. En el centro de la barca, engalanado con sus ropajes de dios, Amón se mostraba ante sus súbditos. Esta era una de las pocas ocasiones en que lo podían ver ya que el acceso al templo le estaba vedado a la plebe.

Dada su longitud, tardó un rato en librar las puertas y tomar por fin el camino que la conduciría hasta el templo de Amón-Min.

Detrás de esta primera barca, una procesión se iba formando. Esta vez se trataba de un grupo de sacerdotes cantores acompañados de los músicos. A ambos lados de la procesión desfilaban dos toros con sus cuernos adornados con guirnaldas de flores.

Hubo que esperar para que saliera la segunda barca, la de Mut. Y con gran sorpresa y contento para el pueblo, otros dos toros acompañaban esta barca. Sabían que eran un regalo para el pueblo, puesto que esos toros, según la tradición, serían sacrificados en honor a los dioses, asados y, luego, una vez el aroma de la carne fuera inspirado por estos, repartidos entre la plebe.

Esta segunda barca era más pequeña, así que los porteadores también eran menos numerosos. Otro grupo de música detrás, y, entonces, se sumó a la comitiva la barca de Jonsu. ¡Otros dos toros más! La gente estalló de júbilo.

Normalmente, con esto se entendía que estaba completa la tríada, pero este año, como ya sabíamos, habría una cuarta barca: la de Hatshepsut.

Barca de oro, también. Barca portada por sacerdotes, también. Pero no era un ídolo de piedra lo que transportaba, sino la encarnación de un dios en la Tierra. Era la barca sagrada del faraón. Hatshepsut iba engalanada para la ocasión. Vestía todos los ropajes característicos y portaba los símbolos del dios-faraón.

Y ella no iba a ser menos: otros dos toros la acompañaban. Dejó patente que quería adjudicarse un baño de popularidad. Y lo estaba consiguiendo.

Cubierta su cabeza con el *nemes,* mostraba sobre este el *uraeus* (la cobra) y el buitre, ambos símbolos del Bajo y el Alto Egipto. Llevaba también la barba postiza (no sé si llegó a acostumbrarse a ella, pero a nosotros sí nos tenía habituados a verla así).

Sobre su pecho, cruzados, el *nejej* (el flagelo) y el *heka* (un bastón corto cuyo uso era solo ceremonial y era el símbolo de poder). Con todos estos símbolos divinos, ella tan solo iba cubierta con un simple vestido blanco ajustado y un pectoral de oro y piedras preciosas en el que se podía apreciar el símbolo de Ra.

Los sacerdotes portaban las barcas con máximo cuidado. Un tropezón, una caída, hubiera sido catastrófico, pero aun así el balanceo era inevitable.

Las estatuas de los dioses iban bien sujetas, pero Hatshepsut estaba ahí sentada, en un pequeño trono portátil, manteniéndose lo más quieta posible sobre una plataforma oscilante.

Una vez las cuatro barcas y sus acompañantes se hallaban dispuestos en la avenida, comenzó la procesión en sí. Procesión a pie, lenta y con paradas. Procesión ruidosa, en la que no cesaban ni los cantos ni los tambores ni los gritos de la multitud.

Los espectadores, situados en los márgenes de la avenida, estaban a cubierto del sol, protegidos por la sombra de los árboles, pero los procesionarios caminaban bajo un sol de justicia sin paliativo alguno. La ceremonia no permitía un parasol o un palio para el faraón, que era evidente que se derretía ante las altas temperaturas de aquel día. Y la procesión tenía prevista una duración aproximada de cuatro horas...

El pueblo echaba pétalos de flores ante el paso de la comitiva. Los soldados, puestos a tal efecto, tenían que retener a las gentes para que no cortaran el paso. El río pintado no refrescaba el ambiente. Y el faraón en su gloria; el faraón, que era una mujer gorda y madura enfundada en un vestido pegado al cuerpo y cubierta de joyas, se derretía. Literalmente se derretía. ¡Cuatro horas!

Cuando transcurrieron esas cuatro horas, lo que quedaba de Hatshepsut llegó ante las puertas del templo de Amón-Min, los tambores cambiaron su ritmo, los sacerdotes entonaron otras canciones, y esa fue la señal para que mi señor se uniera a la procesión.

Montado en su carro de oro, con sus vestidos militares de gala, con su casco, recorrió el mismo camino que la procesión, despertando nuevas exclamaciones de júbilo entre el pueblo. Unas muestras de admiración que dejaron pequeñas las que había recibido Hatshepsut, ya que ella las recibió como parte de la procesión de las divinidades, pero él... él las recibió a título personal, solo y exclusivamente para él.

Ante esa divinidad en la Tierra, ante el faraón, se presentó mi señor como un seguidor destacado, pero arropado por un pueblo que no dejaba de aclamarle.

La «innombrable» lo esperaba ante las puertas del templo de Amón-Min. O más bien esperaba que terminara la procesión para saludar al pueblo y entrar, por fin, a la acogedora sombra del templo a fin de realizar los rituales que correspondían. Su vestido, blanco, ya pegado al cuerpo de por sí, se le ceñía más, si cabía, por el sudor que la empapaba. ¡Gracias sean dadas a los dioses por esa gran costumbre de poner pebeteros de incienso a lo largo del camino, y muy especialmente en las puertas del templo!

Nos internamos en la Casa de Amón-Min y allí ella (o él, ya que en esos momentos era el faraón en toda su gloria), ayudado por los sacerdotes, procedió a las ofrendas de rigor.

Catorce días duraban las celebraciones. Catorce días de ofrendas, libaciones, cantos y diferentes actos públicos presididos por el faraón.

Los dioses se hallaban, por fin, reunidos en el interior del templo. En el momento indicado se procedió a sacrificar a los toros sagrados que habían acompañado a la procesión.

Como eran ocho toros, los sacrificios se hicieron a lo largo de aquellos días. El pueblo estaba bien alimentado, contento, dando gracias a los dioses y a su faraón, y asimismo entretenido con los diferentes espectáculos callejeros.

Al llegar al decimocuarto día, había que realizar el mismo recorrido, ahora, como es lógico, en sentido inverso;

y con los mismos protagonistas. Esta vez sin toros pero con el mismo calor.

Si aquel día que comenzaron las fiestas Hatshepsut no fue consciente de lo que la esperaba, a su regreso sí lo fue. Se volvió a derretir, volvió a ser aclamada y adorada con los dioses; y mi señor también volvió a desfilar en su carro de oro. Otro baño de multitudes para ambos. Y una vez más, esa mujer, mayor, gorda, llena de grasa por todos lados, nos demostró que, pese a todo lo que sudara, su humanidad no perdía ni un solo gramo.

No solo lo pasó mal, sino que además no consiguió eclipsar a mi señor. Eso sí, hay que reconocer que en todo momento mantuvo el porte.

No volvió a participar en ninguna procesión.

11. CONTINÚA LA BATALLA

Fue poco después de nuestro regreso cuando mi señor, que nunca olvidaba los agravios, decidió asestarle un nuevo golpe a la «innombrable».

Hatshepsut era un faraón femenino. Si se casaba, se arriesgaba a perder su poder, así que se mantenía oficialmente viuda, inconsolable, y sin compartir su lecho con varón alguno. Pero esto era la versión oficial. En realidad, todos sabíamos que estaba sentimentalmente unida a Senmut, el arquitecto real y principal consejero del faraón. De hecho, se sabía que su segunda hija lo era también de este arquitecto, ya que durante su embarazo, Tutmosis II se hallaba gravemente enfermo. Es decir, que esa viuda inconsolable se acostaba extraoficialmente con este amante ya en vida de su marido. Esto no implicaba ninguna pérdida de derechos de todos los títulos que esta niña ostentaba, dado que estaba probado que por sus venas corría tanta sangre real como por las de su madre, pero sí daba una idea de la falta de escrúpulos que Hatshepsut tenía a la hora de tomar decisiones sobre su vida. Buscaba sus placeres sin importarle quien cayera por el camino.

Hay que reconocer que Senmut debía quererla realmente, pues nunca fue una mujer agraciada; en esa época, en plena madurez se había convertido en una masa amorfa de grasas sobre grasas que difícilmente podía despertar la lujuria de nadie. Sus pechos, grandes y deformes, le caían hasta la cintura, aumentando así el volumen de su estómago. Pero ella disfrutaba de los placeres de la carne con este hombre que no pertenecía a la casa real y era, por tanto, de inferior categoría por mucho que ella le otorgara títulos y más títulos que solo podían alcanzar la clasificación de administrativos. A pesar de todo, ella no ocultaba tal relación y, de hecho, en más de una ocasión la hizo pública, de tal manera que no solo en el pequeño círculo de la corte se conocía el amor entre estos dos personajes, sino que todo Tebas estaba al corriente.

Nunca entendí cómo se atrevió a tomar esa decisión, y sin embargo no perdió el favor del pueblo ni del clero, aunque, claro, al clero lo tenía bien engrasado y el pueblo poco podía decir al respecto. De suerte que mi señor se encontró con un punto débil a través del cual podía atacarla. Si ella había mandado matar al portador del sello para eliminar posibles amistades de mi señor que pudieran aumentar su libertad de acción, mi señor decidió pagarle con la misma moneda.

Mandó llamar a Senmut a su presencia y, como heredero de la doble corona, le pidió la construcción de un templo dedicado a la grandeza de mi señor y sus hazañas como general.

En realidad, este tipo de cosas solo las podía pedir directamente el faraón, o al menos se debía contar con la aprobación previa de este, pero no resultaba raro, en la historia Egipto, que un heredero a la corona hiciese este tipo de peticiones. Más aún, cuando en realidad era un cofaraón, ya que quien debía ostentar la doble corona era mi señor por derecho —como estoy relatando—, y Hatshepsut era una usurpadora que se había autoproclamado faraón cuando su labor se tenía que haber limitado a ser una regente. La forma natural de hacerlo hubiera sido solicitar primero al faraón su permiso y, luego, proceder a llamar al arquitecto, por el protocolo en sí, y también por el hecho de que quien detentaba el poder económico no era mi señor. En esa ocasión, Tutmosis decidió saltarse tal procedimiento a fin de ver cómo respondía Senmut ante esa propuesta inusual.

Senmut, como era de esperar, rechazó la petición aduciendo que era el faraón en persona quien debía darle esa clase de instrucciones. Pero no se limitó a solo eso, sino que además dejó clara su vinculación amorosa con el faraón, anteponiendo ese estatus a todos los títulos que le habían sido otorgados. Lo que Senmut no calculó es que mi señor estaba dispuesto a todo e iba a hacer uso de sus prerrogativas, como hijo de faraón. Y así fue: lo mandó matar por desobediencia a la casa real y envió su corazón a la «innombrable».

No tardó en recibir la respuesta adecuada. A las pocas horas fue conducido por la guardia real a la sala donde le esperaba Hatshepsut sentada en el trono con todos sus atributos de faraón, rodeada de un cuerpo de sacerdotes de la *maat*, los grandes jueces de Egipto.

Mi señor se mostraba tranquilo, a pesar de que todo parecía estar en su contra. Se estaba jugando su cabeza, y lo sabía. Le hicieron arrodillarse ante el trono real, como el súbdito que era en esos momentos, y como un reo cualquiera que va a enfrentarse a la justicia del faraón.

Ella se mantuvo imperturbable, hierática, y cuando por fin habló, lo hizo con voz clara y potente:

—Has sido traído aquí para ser juzgado por alta traición al estado de Egipto al atreverte a matar a uno de sus más grandes servidores. ¿Puedes alegar algo en tu defensa?

—Sí, mi señor —dijo él desde su humilde posición.

—Habla —le urgió el faraón.

—Es posible que me haya dejado llevar por la ira del momento, pero Senmut tuvo la osadía de manifestar ante mí cosas que le hacían reo de alta traición, y no podía consentir que quedara sin castigo. Quizá debería haberlo traído a vuestra presencia, pero mi único pecado es haber tomado una decisión que reconozco no me correspondía; una decisión que había que tomar sin lugar a dudas.

—¿De qué estás hablando? Estoy seguro de que Senmut no sería capaz de tal cosa. Lo conocía desde hace muchos años y siempre fue merecedor de toda mi confianza.

—Senmut se atrevió a decir que compartía vuestro lecho desde hacía varios años, y, como todos sabemos, eso hubiese supuesto que debería ser vuestro esposo, ya que no os considero de tan baja categoría como para mantener un idilio secreto. Y ser vuestro esposo le hubiese conferido derechos sobre la corona.

»Por otro lado, estoy seguro de que mentía; un faraón de Egipto no se rebajaría a mantener relaciones carnales con una persona de tan baja condición como la suya. Pero el simple hecho de hacer esta aseveración, aunque fuera cierta (y estoy seguro de que no es así ya que siento mucho respeto por Egipto, por la corona y por vos), el atreverse a insinuar tal cosa supondría un insulto hacia vos como persona, a vos como faraón y a la casa real toda. Por eso he ordenado que lo matasen al momento y os he enviado su corazón en una caja de oro para que vieseis hasta dónde llega mi devoción hacia vos y como prueba de que siempre defenderé a Egipto y a su faraón.

Hatshepsut miró a su alrededor. Los jueces no podían hacer nada en su favor. Los argumentos esgrimidos por mi señor eran perfectos y, aun cuando todos sabían la relación que mantenían los amantes, la *maat* estaba con él.

Hatshepsut se mantuvo un tiempo en silencio, sentada en el trono, como una estatua más de las que adornaban el gran salón. Por fin, se levantó y se marchó sin mediar una palabra. Así fue como mi señor ganó esta batalla, como él sabía hacerlo: de cara y sin tapujos.

Todavía no lo sabíamos, pero este sería el principio del fin de Hatshepsut.

12. EL HIJO DE TUTMOSIS III

Con la corte tan revuelta, mi señor Tutmosis se mostraba esos días algo alterado. Estos juegos entre cortesanos no eran el campo de batalla en el que él se encontrara a sus anchas. Rodeado de medias palabras dichas en voz baja, de visitas casi clandestinas, se desfogaba con los entrenamientos militares y sus salidas nocturnas.

Entabló amistad con un capitán de la guardia real que resultó ser un buen compañero para sus correrías por las calles de Tebas. Este hecho, aparentemente anodino, trajo luego consecuencias inesperadas.

Entretanto, la «innombrable» entró en un período de desenfreno sexual conocido por toda la corte. Cada noche buscaba compañía entre cortesanos, soldados, guardia real... Cualquier hombre parecía satisfacerla. Pero le duraban poco, la mayoría de las veces una sola noche.

Una tarde, mi señor se presentó en mi casa. Rara vez lo hacía, aunque, lógicamente, no necesitaba permiso para entrar en la casa del humilde servidor que yo era. Estrella tenía en sus brazos a nuestro hijo, al que intentaba calmar de sus lloros los cuales, como en muchas ocasiones, no sabíamos a qué eran debidos.

Le saludé, como marcan los preceptos, con las manos colocadas a la altura de las rodillas. Mi esposa no sabía qué hacer con el niño para poder imitarme, pero mi señor la tranquilizó.

—No te preocupes, sigue con tu labor de madre e intenta consolar a tu hijo.

Mi mujer se ruborizó, confusa, pero como siempre ha demostrado una personalidad muy peculiar, contestó con presteza:

—Mi señor, mi hijo es aún muy pequeño para reconocer vuestra divinidad, pero igual podéis ayudarme. ¿Queréis tomarlo en vuestros brazos? Pronto seréis padre, sin duda, y así os vais entrenando —le dijo, sonriendo al mismo tiempo.

—Nunca he hecho tal cosa. ¿No temes que por mi impericia se me caiga tu hijo al suelo? —se apresuró a contestar mi señor ante la oferta tan inesperada de mi mujer.

—Me parece que no soy yo, sino vos quien tiene miedo —le dijo, sin dudar un momento—. ¿Un general del ejército se asusta ante un pobre niño indefenso? Tomadlo ya y ved qué se siente cuando se tiene un niño en brazos. Y además, ahora es el momento propicio. Está llorando. Son berrinches de niños. Intentad calmarlo. No pasa nada si no lo conseguís; los niños son impredecibles y es verdad que vos no tenéis experiencia en esto.

Yo, por mi parte, no salía de mi asombro ante la conversación tan espontánea entre mi esposa y mi señor; además, Tutmosis tomó a mi hijo en brazos.

El niño, no sé si sorprendido por el cambio de brazos, cesó en sus berridos y se quedó mirando fijamente a mi señor, quien se estaba haciendo un lío con las manos sin saber muy bien por dónde tomarlo.

Mi esposa se acercó a él y le ayudó a adoptar la postura correcta, dándole instrucciones como si de un igual se tratara, y Tutmosis se comportaba como un buen alumno. Mientras tanto, el niño seguía con la mirada fija en el rostro de mi señor, ajeno a todas las maniobras de las que estaba siendo objeto.

—Se ve que está investigando vuestra divinidad —sonrió mi esposa— y vos estáis demostrando que estáis preparado para ser padre.

—Me temo que esto último no es del todo cierto. De momento, no tengo interés por ese asunto.

—Pues deberíais tomároslo más en serio. No solo por vos, sino también por la estabilidad de la corona. —Aquí Estrella adoptó un aire de seriedad, y yo estaba asustado por su impertinencia. Una simple esposa de un simple escriba se metía en asuntos de Estado y los comentaba con total desparpajo con el heredero. No me lo podía creer. Encima, él parecía aceptar el asunto con gran naturalidad.

—Sí, he recibido ya consejos en ese sentido, pero qué te mueve a dármelos tú también ahora —quiso saber mi señor.

Mi mujer se quedó un momento pensativa. Y respondió con una pregunta:

—¿Os referís a cuáles son mis motivos personales y en qué me beneficia a mí esto que os propongo, o a por qué creo que os conviene a vos dar ese paso?

—Eres muy directa —dijo Tutmosis sonriendo—. Me refiero a las dos cosas.

—Bien, ya sé que apenas acudo a ninguna reunión de la corte y que mi estatus no es muy elevado, pero vivimos aquí, en el recinto real, todos juntos, y los rumores corren. Van de los grandes señores a la servidumbre, y estoy segura de que también en sentido contrario, de la servidumbre a los grandes señores.

»Existe una gran preocupación por parte de algunos sectores de la corte en el sentido de que si no tenéis un heredero, la estabilidad de la corona peligra, y ya estáis en edad de haber tenido varios. Hatshepsut, nuestro faraón, está aprovechando esta circunstancia para tensar cuerdas y procurar apartaros definitivamente del trono y cedérselo a su hija Nefereru. Supongo que ya habrá llegado hasta vuestros oídos algo de esto.

—Ha llegado algo a mis oídos, pero no tanto —le respondió y le preguntó—: ¿Cómo puedes asegurar tal cosa?

—No puedo. Son rumores. Quizá por la manifestación de temores por parte de algún sector de la corte. Quizá por la manifestación de esperanzas de algún otro sector. Pero vos sí podéis comprobarlo. Para hacer esto realidad, Hatshepsut deberá dar algunos pasos preliminares, como donaciones a templos, por ejemplo. Utilizad vuestras amistades e investigad. Yo solo soy una pobre mujer que quiere servir a mi señor y no puedo hacer más que repetir lo que llega a mis oídos.

—Para ser una pobre mujer sabes muchas cosas —observó con acierto mi señor—, pero, dime, ¿cuál es realmente tu interés? —Y aquí mi señor no pudo evitar sonreír.

—El lógico, mi señor. Soy la esposa de un escriba cuyo futuro está vinculado al vuestro. Si vos caéis, nosotros también. Si vos subís al trono, nuestra posición mejorará. Es así de sencillo.

—¿Acostumbras a comentar estas cosas con tu esposo? —quiso saber.

—Alguna vez, pero si he de decir la verdad, nunca con esta claridad y extensión como lo he hecho hoy con vos. Además, él siempre me advierte de que los rumores son eso, rumores, y nada más, pero yo creo que es mejor prevenir antes de que algo suceda.

Yo asistía en silencio a esta conversación, sin saber muy bien qué aptitud adoptar, pero mi señor me sacó de mi ensimismamiento.

—Tjaneni, no sabía que tenías una esposa de esta talla —dijo y, sonriendo una vez más, añadió—: Creo que me equivoqué al cedértela. Es una buena consejera. ¿No crees? Escúchala más a menudo, no desprecies los rumores de palacio y transmítemelos.

—Así lo haré, mi señor —respondí yo enrojeciendo.

Entretanto, nuestro hijo se había acomodado plácidamente en los brazos de mi señor y se había quedado dormido olvidado por todos de tan enfrascados que estábamos en la conversación.

Mi mujer se dio cuenta y, haciendo un gesto con el que nos pidió silencio, tomó al niño delicadamente de los brazos de Tutmosis y lo acostó en la cuna.

—Mi señor —dijo sonriente—, es una lástima que vuestras múltiples ocupaciones no os permitan venir por aquí más a menudo, lo habéis calmado en un momento.

—También yo siento no poder venir por aquí tanto como quisiera, pero confío en que tu esposo me tenga al tanto de esos rumores que me han parecido muy interesantes.

—Así se hará, mi señor —dije yo, poniendo las manos a la altura de las rodillas, esta vez acompañado en el gesto por mi mujer, mientras él salía de la estancia.

Una vez solos, me volví hacia mi mujer, no sé si más asustado que enfadado, o simplemente estupefacto.

—¿Cómo te has atrevido a hablar así a mi señor que también es el tuyo? Nos hace el honor de entrar en nuestra casa y tú le cuentas los chismes de la corte y osas darle consejos. Mujer, yo lo conozco desde niño y jamás me atrevería a hacer semejante cosa.

—¿Tú crees que le ha parecido mal?

—No, pero…

—¿No te ha dicho que le tengas al corriente de esos chismes? —me interrumpió.

—Sí, pero…

—Entonces, no tienes nada que reprocharme. Si nuestro señor no lo ha hecho, tampoco tienes por qué hacerlo tú. Y la próxima vez que tenga «chismes» interesantes, te los contaré y tú se los contarás a él, por si acaso. Ya es hora de que hagamos algo en su favor y, de paso, en el nuestro.

Y con esto acabó toda discusión, con lo cual quedó claro que ella era una esposa y no una concubina cualquiera. Me había dejado sin argumentos.

13. Y ASÍ SE FUE MONTANDO LA HISTORIA

Todas estas cosas, aparentemente sin ilación, se fueron enredando entre sí hasta que los acontecimientos nos sobrepasaron.

En otras ocasiones, mi señor había sido ya avisado de la necesidad de pensar en tener un heredero. El capitán con el que trabó amistad lo llevó a conocer sitios distintos a los habituales de un faraón. Sitios a los que acudían de riguroso incógnito, disfrazados de mercaderes.

Hatshepsut seguía con sus costumbres licenciosas de llevarse a un hombre a la cama cada vez que le apetecía, lo cual era bastante a menudo.

Pues bien, este capitán tuvo el honor de ser llamado para tener uno de esos encuentros con el faraón. Y esto se repitió y repitió hasta que empezamos a considerarlo como el amante «oficial» de la reina. Pero eso no quería decir que no siguiera manteniendo su amistad con mi señor.

Y en una de esas noches de juerga, por antros perdidos en Tebas, mi señor encontró una danzarina, joven, bella y experta, que le atrajo. No sé exactamente qué es lo que vio en ella. Era hermosa, sin duda, pero en la corte había muchas mujeres hermosas. Bailaba, es verdad, pero en la corte cualquier bailarina la superaba. ¿Era culta? Más bien, no. Quizá algo más culta que muchas de las muchachas de su entorno, pero no llegaba a la altura de ninguna mujer de la corte. Entonces, ¿qué tenía ella que no tenían las demás? Algo debía tener, por supuesto.

No olvidemos que dentro de palacio había abierta una guerra constante entre mi señor y el faraón usurpador. Y es muy probable que este fuera un ingrediente que no podía encontrar en ninguna muchacha de la corte. Es probable también que no fuera exactamente eso lo que pensaba mi señor, pero el hecho es que si se hubiera unido con una mujer de la corte, eso hubiese sido como claudicar ante Hatshepsut, que ya le había indicado que debía tomar esposa. Pues bien, decidió tomar esposa, pero una esposa que suponía un insulto para la «innombrable». Digamos, por decirlo finamente, que metió «una mujer de la calle» en palacio. Y además, con intención de tener descendencia de ella.

Lo demostró desde el principio y a todas luces. Dada la procedencia de la muchacha, hizo que le reservaran unas habitaciones de las cuales no podía salir, ni podía recibir visitas del sexo masculino. La mantuvo así durante un año para poder asegurar que si tenía alguna descendencia con ella, el padre solo podía ser él, que, lógicamente, también se abstuvo de visitarla en todo ese tiempo. Al año, la pasó a su gineceo y pronto la dejó embarazada.

Todo esto tuvo consecuencias nefastas para ese capitán que era, por un lado, amigo de mi señor y, por otro, amante del faraón.

Hatshepsut se enteró —no sé cómo, pero estas cosas siempre llegan a saberse— de la amistad entre mi señor y el capitán y, además, de que a través de él mi señor había conocido a esa muchacha. Y lo mandó matar, acusándole de alta traición.

Quedaba claro que su traición no había sido hacia la corona, pero como en palacio había dos facciones, ahora nadie podía mantener la amistad con ambos bandos. En este caso, el faraón pretendió demostrar cuál era el bando al que había que unirse.

Y aquí es donde intervino Estrella. Me dijo que tenía que hablar con mi señor, que se le había ocurrido una idea.

—¿Quién te crees que eres? No puedes hablar con mi señor cuando te venga en gana. Es Tutmosis III y tú no eres más que la esposa de un escriba —le contesté con cierto desagrado.

—Sí, y no de cualquier escriba. Tú eres «su» escriba y ya ha venido a vernos en otras ocasiones.

—¿Qué quieres decir? ¡No pretenderás que le diga que venga a verte!

—Precisamente eso es lo que pretendo. Como comprenderás, yo no voy a ir a verle al salón del trono, ni pienso acudir a sus habitaciones, como si de una cita personal se tratara. No tendría sentido.

—Mejor dime lo que se te ha ocurrido y yo se lo transmitiré. Quedamos en que si había alguna nueva habladuría en palacio que pudiera ser interesante, me la comunicarías. Me parece lo más correcto.

—No, creo que es mejor que hable con él personalmente. Al fin y al cabo, ya ha venido por aquí en otras ocasiones. A nadie le extrañará que lo haga una vez más.

—No sé en qué líos pretendes meternos. Al final, vamos a caer bajo la ira de Tutmosis, y eso te aseguro que no es bueno.

Con esta amenaza mía, pareció entrar en razón y, entonces, accedió a explicarme sus intenciones. Lo cierto es que a veces se le ocurrían ideas brillantes, y esta no estaba nada mal.

Consentí en pedirle a mi señor que viniera un día a verla y no tardó mucho en acceder a mis requerimientos. Se presentó, pues, Tutmosis en nuestros humildes aposentos.

Estrella ordenó a nuestra aya que se llevara a nuestro primogénito a dar un paseo por los jardines de palacio y así pudimos hablar los tres con calma.

—Y bien, ¿qué es lo que quieres proponerme? —preguntó mi señor en cuanto estuvimos solos.

—Que Hatshepsut ha mandado matar a ese capitán amigo vuestro y amante de ella, eso todos lo sabemos. Pero... ¿por qué creéis que lo ha hecho?

—Le acusó de alta traición, pero no hay nada claro. En realidad, no lo sé muy bien. Es posible que simplemente fuese una pelea de enamorados; todos sabíamos que entre ellos había algo.

—Pues yo creo que sí lo sé. Él os presentó a la concubina que tenéis recluida en palacio, ¿no es cierto?

—Sí, pero eso... ¿qué tiene que ver?

—Si vos tenéis un hijo y esas parecen ser vuestras intenciones, su esperanza de que sea su hija la que herede el trono se reduce. Podría heredarlo, pero como esposa del faraón, es decir, de vos. Y eso no es lo que ella quiere. Digamos que de todas formas podría conseguirlo, pero supone un escollo en su camino. De modo que la alta traición es daros la posibilidad de tener un heredero. Al menos, así lo entiendo yo.

—Bueno, y todo esto... ¿adónde nos lleva?

—A vuestra primera respuesta. A pensar que simplemente sea por una pelea de enamorados.

—¿Y eso qué tiene que ver conmigo?

—Mucho. Todos sabemos que en la corte los rumores corren. Unas veces acertarán y otras, no, pero podemos hacer que esta vez se inclinen a vuestro favor. —Él la miró con aire interrogante, y ella continuó—: Si hacemos correr la voz de que fue una simple riña de amor lo que motivó su muerte, o dejamos la puerta abierta a que tal vez fue por una simple insatisfacción, o que se había cansado de su amante; si dejamos caer que busca el amor y que si lo encuentra la vida de su posible pareja peligra..., crearemos un ambiente de miedo, haremos que la corte tema a Hatshepsut, tanto por sus favores como por sus disgustos. Convertiremos a Hatshepsut en alguien a quien nadie querrá acercarse. Eso nos conviene a todos, y especialmente a vos, y ella se encontrará sola en su corte.

—Se puede intentar, pero quizá no consigamos ningún resultado —contestó, con cierto escepticismo.

—No tenemos nada que perder y resultará fácil intentarlo. Una palabra aquí, una frase allá...

—Está bien. Inténtalo. Lo dejo en tus manos —accedió a decir mi señor.

Pasamos a hablar de otros temas más banales, pero pronto vimos los resultados de esta estrategia femenina. Probablemente, no hubiera tenido tanto éxito si la «innombrable» hubiera desistido en su búsqueda de compañía masculina, pero no fue así. Ella siempre quería a alguien en su lecho y, con este clima de temor que creamos, hubo muchos amantes que no fueron capaces de satisfacer los requerimientos de esa mujer que, por otro lado, no se puede decir que fuera físicamente atractiva. Hubo más enfados y algún que otro amante al que mandó matar despechada. Todo nos salió a pedir de boca.

En la corte se generó un clima de temor y el faraón se encontró solo (o sola si nos atenemos a su sexo), con la consiguiente pérdida de apoyo de muchos de sus antiguos amigos. Su fama llegó pronto a oídos del templo y enseguida se vio que también iba perdiendo la ayuda de los sacerdotes. Con todo esto, cada vez se intuía más complicado que llegara a subir al trono a su hija Nefereru.

Además, Hatshepsut mandó matar a la danzarina embarazada de mi señor. Esto no asombró demasiado en la corte, pues había quien consideraba un insulto tener que tratar, con el estatus de esposa del faraón, a alguien de tan baja extracción; y si esta chica hubiese tenido un hijo varón, muchos se hubiesen visto obligados a hacerlo. Una gran mayoría creían que no dejaba de ser, por parte de mi señor, una forma de enfrentarse a los deseos del faraón. Pero lo que a la corte pareció importarle poco, a los sacerdotes no les gustó; para ellos, no era *maat*, y eso era todo. Esto supuso otra derrota de Hatshepsut.

Mi señor protestó ante ella por su decisión de matar a la mujer que llevaba un hijo suyo en su vientre, pero ella se limitó a decirle que no era tan difícil dejar preñada a una mujer. Podía buscarse otra.

En esta situación tan conflictiva se veía claramente que las espadas estaban en alto. Y fueron las espadas las que hablaron al final. La «innombrable» no usaba este tipo de armas, estaba acostumbrada a hacer las cosas de otra manera, a usar sus argucias femeninas y, por tanto, no se daba cuenta de que provocar a un hombre entregado a la vida militar podía acarrear consecuencias inmediatas.

Sucedió un día, como tantos otros, en que ella se hallaba en su sala del trono rodeada de su corte y con los sacerdotes de la *maat* a su lado impartiendo justicia. Mi señor, como corregente, estaba sentado a su lado y la única diferencia era que Nefereru ese día no estaba presente ya que por lo visto se encontraba aquejada de algún mal pasajero y se había recluido en sus aposentos. Esta costumbre de que Nefereru estuviera presente en estas actividades era un mal presagio para mi señor porque eso señalaba los deseos de Hatshepsut de vincular a su hija a la corona y, por tanto, de una probable intención de hacerla pasar directamente a la testa de su hija, saltándose a mi señor y dejándolo fuera de esta posibilidad. La idea no nos gustaba, pero no podíamos hacer nada al respecto. No al menos hasta que ella dejara claros sus propósitos, de forma oficial, y en ese caso igual sería demasiado tarde.

Así pues, en la sala del trono hizo Hatshepsut referencia a la ausencia de su hija, disculpándola y señalando la necesidad de que siempre estuviera presente. Esto era un claro insulto a la posición de mi señor, así que este optó por no callarse y comentó que no era necesaria la presencia de Nefereru en los asuntos de Estado.

Hatshepsut estaba esperando esta respuesta y fue entonces cuando declaró que su heredera sería Nefereru; y acto seguido echó a mi señor de la corte, ante la estupefacción de todos los presentes. Mi señor se marchó sin molestarse en inclinarse ante el faraón y sin decir una palabra.

Siguió, pues, ella ejerciendo su labor como si no hubiera pasado nada, cuando, de repente, se quedó como en

111

suspenso, con su mirada clavada en su más fiel seguidor, Baniti, el humilde, su servidor, consejero y amigo. Él la conocía desde que nació y se ocupó de su educación cuando era pequeña y de todo lo que necesitó cuando fue creciendo. Decían de él que, por ella, hacía lo que fuese, pero siempre desde la sombra, actuando de la misma forma que a ella le gustaba actuar. Eran tal para cual, y entre ellos había un indudable vínculo. Se conocían muy bien y esta vez lo demostraron una vez más. Ella lo miró y él respondió a su mirada, y de repente salió corriendo del salón. Ambos se habían entendido, pero los demás nos quedamos sin saber qué era lo que ocurría.

Por lo visto, salió corriendo para intentar alcanzar a mi señor antes de que sucediera algo irremediable. Pero mi señor había salido hacía ya un rato y no había que olvidar que era un soldado. Nadie lo hubiera pensado en ese momento, pero ellos sí, los tres.

Mi señor había acudido a los aposentos de Nefereru con la idea de matarla con sus propias manos. Cuando llegó Baniti, solo pudo encontrar su cadáver. Hatshepsut ya no tenía heredera. El único heredero posible era Tutmosis III. Puede parecer una barbaridad, pero ahí se vio la diferencia entre el gran Tutmosis y Hatshepsut. Ella era el faraón, pero era una mujer. Mi señor demostró su valía, su arrojo, su virilidad y su capacidad para tomar decisiones rápidas y contundentes y ejecutarlas con sus propias manos. Sin tapujos, sin maquinaciones, directamente a su objetivo. Estas capacidades que solo un faraón varón, como había sido siempre, puede tener.

Si hubiera sido en otro momento, si simplemente hubiera sido un mes antes, la reacción de Hatshepsut hubiera podido ser mortal para mi señor, pero gracias a toda nuestra labor previa la corte estaba esperando una solución. Querían que Hatshepsut abandonara el trono cuanto antes, y el templo tampoco estaba satisfecho con el faraón. Con esta muerte quedaba todo zanjado, así que Hatshepsut no pudo tomar represalias. Se convirtió en una sombra (una sombra gorda, eso sí) que deambulaba por los pasillos, sospecho que solo para poder recibir las muestras de sumisión a su paso. Ya no ejercía sus labores como faraón, y dejó todo el trabajo en manos de mi señor.

Mi señor no la tocó. La dejó estar, e incluso no hizo ningún cambio significativo en el palacio, ni de personal ni de decoración ni arquitectónico. Respetó su vida y la dejó hacer lo que quisiera, aunque ella no sobrevivió mucho tiempo a su hija. Antes de que transcurrieran dos años del aciago hecho, falleció.

Se procedió a sus exequias como el faraón que había sido. Comenzaron los cuarenta días de luto, mientras se realizaban las labores de embalsamamiento. En ese período en que los sacerdotes de la Casa de la Muerte efectuaban su labor, se llevaron a cabo las diferentes ofrendas a los dioses en las que mi señor era el oficiante, como sumo sacerdote de todos los templos. El pueblo obtuvo unos días de descanso y los sacrificios que se hicieron en los templos fueron, como de costumbre, repartidos entre la plebe, lo cual no dejaba de ser un motivo de alegría para ellos, y para nosotros que, por fin, teníamos el camino libre hacia el trono.

14. TUTMOSIS III, ¡POR FIN!

Fue entonces cuando mi señor se convirtió en el faraón Tutmosis III, el más grande faraón que los tiempos han conocido.

Después de todas las ceremonias necesarias, esas que habíamos vivido años ha como espectadores, tomó el poder y empezó a ejercerlo a su manera. Eso sí, el trono que empleó para estas ceremonias fue muy distinto al que usó Hatshepsut en su día. Esta vez estaban representados sus antepasados masculinos, los guerreros que crearon el Egipto que ahora lo coronaba.

Modificó el palacio, como era costumbre, pero apenas cambió los altos cargos. Mi señor estaba acostumbrado a tratar con el ejército y ese ejército lo había hecho él. En la corte prefirió no alterar prácticamente nada ya que pensaba que esta funcionaba como una máquina bien engrasada y cualquier cambio hubiese supuesto tener que dedicarle una atención que él tenía puesta en otros asuntos.

Convocó en palacio a todos los representantes de los diferentes reinos que llevaban tiempo sin cumplir sus tareas con Egipto. A todos ellos les entregó una carta para sus señores. Yo no redacté esos documentos, pero decían más o menos así:

Yo, Tutmosis III, faraón de Egipto, rey de reyes, señor de las dos tierras, me dirijo a ti (aquí el nombre del reyezuelo en cuestión) a fin de recordarte tus deberes para conmigo. Hace tiempo que no me agasajas debidamente enviándome los regalos que me corresponden según los pactos que acordaron nuestros antepasados.

Supongo que es un olvido por tu parte que te resultará fácil de subsanar. Dado que he pasado muchos años sin recibir tus presentes, deberías enviarme todos juntos ahora, pero seré magnánimo y solo te pediré los correspondientes a estos últimos diez años.

Con esta ofrenda reiniciaremos nuestra amistad, como siempre la ha habido entre nosotros, pero si no lo hicieras, conocerás mi ira y esta caerá sobre ti.

Tus tierras ya no serán tus tierras, tus siervos ya no serán tus siervos, tu pueblo será mío, tu familia pasará a mi poder y tus riquezas, todas, entrarán en las arcas de Egipto.

Pero todo esto no será necesario si tomas la decisión adecuada y me ofreces esos regalos de amistad que siempre hemos recibido de tu reino.

Así, en ese tono y prácticamente iguales, fueron las cartas que repartió, y lo hizo llamando a todos ellos a la vez en lo que fue una especie de reunión de deudores.

Su objetivo era manifestarles el poder de Egipto y su falta absoluta de temor a enfrentarse a todos, incluso a todos ellos al mismo tiempo si fuese el caso. Entre ellos se conocían y mantenían rivalidades y litigios que dirimir, por lo que era difícil que llegaran a unirse aunque no imposible, y mi señor les estaba advirtiendo que si querían hacerlo, podían, pero que ni aun así serían enemigo suficiente para Egipto; los estaba retando.

Estrella, que parecía que en todo tenía que meterse, me dio su opinión. Ella creía que no solo mi señor no debió convocar a todos sus posibles enemigos al mismo tiempo, sino que debía haberlo hecho en diferentes fechas. Es decir, entregar una carta a uno y esperar su respuesta. Si era negativa, luchar solo con ese y luego pasar al siguiente. De esta manera, según ella, se impedía una posible coalición de todos ellos y, llegado el caso, sería más fácil la victoria.

Esta vez no transmití los pensamientos de mi esposa a mi señor. De hecho, sabía que ya había recibido consejos en ese sentido, pero mi señor estaba muy seguro del poder de su ejército y prefería zanjar estos temas de un plumazo. La posibilidad de que se aliaran unos pocos o todos nuestros deudores era alta y mi señor era muy consciente de ello, luego la opinión de Estrella y de otros miembros de la corte era irrelevante. De todas formas, ya en el momento de la entrega de las cartas en el salón de recepciones se pudieron apreciar las primeras y distintas reacciones.

Mi señor los había convocado a todos. Sentado en su trono, recibió los saludos debidos a su majestad con el rostro imperturbable e hierático, sin mover una pestaña. Tampoco habló, simplemente hizo un leve gesto de cabeza y unos siervos repartieron las cartas a sus destinatarios. Entonces fue cuando, sin mirar a nadie en particular y con un tono de voz neutro, les dijo que las abrieran, leyeran su contenido y, después, las transmitieran a sus gobernantes.

Podría habérselas entregado sin más y mandar que se retiraran, pero quería ver sus reacciones.

Hubo de todo. Unos parecieron perder el color bajo el maquillaje. Otros la leyeron con indiferencia, como si no se refiriese a ellos. Hubo quien, una vez acabada la lectura, dirigió instintivamente su mirada hacia alguno de sus compañeros. Lo cierto es que resultó un experimento muy interesante.

Cuando consideró acabada la lectura de la misiva, mi señor se limitó a despedirlos, no sin antes apremiarles a que emitiesen una pronta respuesta. De hecho, les sugirió un mes de plazo, el tiempo que consideró justo para hacer un viaje de ida y vuelta a sus reinos.

No se ajustaron al plazo. Dejaron pasar una semana más, pero llegó la respuesta. Y digo «la» porque fue una sola; una carta conjunta de la coalición que habían formado. De hecho, esta carta no la trajo ninguno de los representantes de los reinos afectados; la trajo un simple emisario, supongo que escogido de entre todos ellos y probablemente voluntario. Que no comparecieran los representantes de esos reinos implicaba ya de por sí una ruptura de relaciones, de modo que antes de abrir el documento, mi señor ya conocía su contenido.

Y así fue. Era una declaración de guerra de la coalición de nuestros deudores contra Egipto. Nos esperaban en la llanura de Megido, en un plazo de tres meses. Querían que tuviéramos tiempo para preparar nuestras tropas —decían en su respuesta—, pero seguro que sabían perfectamente que nuestras tropas ya lo estaban y que eran las suyas las que debían prepararse.

Mi señor simplemente sonrió y, sin más, despidió al emisario.

15. EMPIEZA LA CONQUISTA

Se procedió a llamar a las tropas con el objetivo de preparar una campaña triunfal. Los barcos desarmables, listos en sus carretas desde hacía tiempo; los carros, con sus caballos bien entrenados; nuestros arqueros, provistos de sus armas con los últimos avances; los distintos mercenarios; la llamada a filas de todas las fuerzas en reserva...

Los sacerdotes prepararon sus ritos; en este caso, el templo de Set destacó como el más preponderante. Set, el dios de la guerra, de la venganza y de la victoria. Nos reunimos en su templo, en el patio porticado. Allí estábamos presenciando la ceremonia que dirigían los sacerdotes, solo los más allegados al faraón: sus generales, algún cortesano y yo.

A pesar de lo temprano de la hora, Ra brillaba en todo su esplendor. Sacaron del lugar más reservado y misterioso del templo, al que solo tenían acceso los sacerdotes, la estatua de Set, engalanado para la ocasión, y portado en su barca de oro a hombros de los sacerdotes. Lo colocaron en un pedestal en medio del patio y comenzaron sus cánticos acompañados del sonido de los tambores de guerra. Los olores del incienso y otros aceites perfumados inundaban el ambiente. El humo se arremolinó y formó una nube que subió hacia los cielos. Proseguían los cánticos que con el sonar de los tambores retumbaban en las paredes del templo.

Un toro blanco, adornado con guirnaldas de flores, fue presentado ante el dios y sacrificado por los sacerdotes con gran habilidad. Su sangre, recogida en cuencos, se utilizó para bañar la estatua del dios. Los sacerdotes volcaban la sangre sobre el dios y la extendían con sus manos por todo el cuerpo, empapando sus ropas y cubriendo su estatua por completo. Mi señor participó en esta parte del ritual; todos quedaron con sus manos cubiertas con la sangre caliente del sacrificio. Prosiguieron los cantos. Mientras tanto, el cuerpo del animal era preparado para asarlo en las brasas preparadas a tal efecto. Cuando estuvo todo dispuesto, se procedió a asar al animal. Los olores de la carne asada superaron a todos los demás y una nueva nube de humo se elevó como ofrenda ritual al dios.

Entonces comenzó la parte en la que el sumo sacerdote pedía la ayuda de Set en la batalla que se avecinaba. Los tambores seguían sonando y el sacerdote elevaba su voz aprovechando las pausas de los golpes de tambor. Un rito antiguo y primigenio propio de Set.

De repente, se levantó un gran viento que dificultó que pudiésemos mantenernos en pie. El sacerdote no podía proseguir con su letanía y mi señor, sumo sacerdote de todos los templos, se acercó hasta el centro, hasta la estatua del dios, e hizo callar al sacerdote con un gesto, luego, con su potente voz, prosiguió la letanía en el egipcio antiguo y arcano que solo conocen unos pocos iniciados. Entonces, el viento cesó, como si eso fuera lo que el dios quería, y así pudo mi señor terminar con el ritual.

En ese mismo instante, en el cielo limpio y azul de Egipto estalló un trueno que nos ensordeció a todos y, además, una luz intensa nos cegó. El dios había abierto su ojo y bendecido a mi señor: Él fue con nosotros y aplastó a nuestros enemigos.

«Y se procedió al sacrificio y el Dios dilató su nariz aspirando el olor que subía hasta Él y le fue grato y abrió su ojo con gran ruido y su mirada nos cegó a todos porque así le plugo».

Terminado el ritual, salimos todos a las escaleras que daban acceso a la puerta principal del templo con mi señor al frente. Él alzó sus manos ensangrentadas e hizo saber al pueblo que el sacrificio había sido del gusto de Set y aceptado, y que el dios nos había bendecido con su mirada de aprobación y nos llevaría a la victoria. Sus palabras exactas fueron: «Y se procedió al sacrificio y el dios dilató su nariz aspirando el olor que subía hasta Él y le fue grato y abrió su ojo con gran ruido y su mirada nos cegó a todos porque así le plugo».

La gente que estaba fuera del templo había oído el trueno y visto el rayo caer sobre un obelisco, a la entrada del templo. Les sorprendió el fenómeno en un día tan claro como el que disfrutábamos, pero no percibieron viento alguno. Solo vieron a mi señor ungido en la sangre del sacrificio y así supieron que todo iría bien.

Por fin partimos hacia la guerra. Desde Tebas fuimos bajando por el padre Nilo y por los caminos paralelos a ambas orillas. Las tropas caminaban alegres entonando canciones castrenses, marcando el ritmo con sus pies. El pueblo nos aclamaba a nuestro paso agitando ramas de palmeras y arrojándonos flores, a la vez que pedían a los dioses que nos acompañaran.

En la retaguardia, como siempre, iba formándose el batallón de desocupados, prostitutas, bailarinas, mancebos, encantadores de serpientes y tragadores de fuego, junto con los vendedores de baratijas y recuerdos de la ocasión y las ofertas de cerveza, vino y viandas diversas. Un ejército heterogéneo alegre e indisciplinado.

Llegamos a Menfis. Once mil hombres dispuestos para la batalla, aunque aún nos faltaba mucho camino por recorrer. Desde allí partimos hacia Tcharu. Quince días bajo el sol de Egipto, pero era Egipto, nuestra tierra bien amada, de la cual todavía no habíamos salido. Las noches pasaban con alegría, entre canciones, risas, relatos de rapsodas y encuentros de parejas en la oscuridad.

En Tcharu, pernoctamos acampados en el exterior de la ciudad ya que el elevado número de nuestras huestes lo hacía imposible en su interior. Era nuestra primera gran campaña y todo era nuevo para nosotros. Yo nunca había estado tan al norte; mi señor todavía no había cumplido con la visita ceremonial a todo su territorio. Veíamos nuevas tierras. Acostumbrado a una estrecha franja de terreno cultivado rodeado de desierto, el delta me pareció un mar verde que lo envolvía todo.

Los soldados estaban cansados, pero sus jóvenes cuerpos les pedían otras prestaciones, y fue una noche en que las prostitutas hicieron buenos negocios. También mi señor se deleitó con los placeres de la carne. Yo me dediqué al descanso, pensando que no estaba bien en un hombre casado dedicarse, en su primera noche libre, a esos menesteres.

A la mañana siguiente recogimos el campamento y nos preparamos para un camino que, ahora sí, se adentraba en tierras extrañas.

En esta nueva etapa, nos dirigimos hacia Sharuhen y allí fue donde por primera vez mis ojos vieron el mar. Una ingente cantidad de agua, más incluso que el Nilo en plena crecida. El azul de esas aguas en perpetuo movimiento se unía con el del cielo en el horizonte, y no se veía que llevaran ninguna dirección concreta, no iban hacia el sur ni hacia el norte, simplemente se movían. Con mi señor vería nuevas tierras, nuevas aguas y la vida se haría variada, presentándome cosas insospechadas: el mar fue una de ellas.

No hay nada nuevo que contar de nuestro camino hacia Megido. Las ciudades se abrían a nuestro paso y nos ofrecían sus víveres de buen grado para el sustento de nuestros hombres. Avanzábamos rápido y con el corazón alegre; como siempre, la comitiva que nos acompañaba alegraba nuestros descansos.

Mi señor tuvo la precaución de enviar a nuestros exploradores a una jornada por delante de nosotros con órdenes de informarnos, al menos dos veces al día, de lo que encontraran, así como de eliminar a cualquiera que fuese sospechoso de ser explorador del enemigo. Era una buena medida, pero de momento no trajeron noticias dignas de mención.

Por fin llegamos a Yehem, el último núcleo de población antes de llegar a nuestro destino. Se procedió a montar el campamento e inmediatamente nuestro señor convocó una reunión de todos los generales, a la que yo acudí en mi calidad de escriba real para tomar buena nota de lo que allí se dijera.

En una gran mesa central se dispuso un mapa detallado de la zona con Megido representado en la parte superior y nuestra posición en la inferior. En medio se podía ver una zona montañosa de forma circular. Al parecer, había dos alternativas: rodear esa zona por el oeste o por el este. Las tropas enemigas nos esperaban en la llanura, a los pies de Megido, y ahora había que decidir qué camino tomar.

En eso estábamos cuando llegó uno de los exploradores con los últimos informes. Nada nuevo que señalar. Solo un pequeño campamento de pastores del desierto. No parecían peligrosos, pero quería instrucciones por si se consideraba necesario matarlos, por si acaso.

Mi señor hizo el ademán de decir algo y, de repente, cambió de idea y se dedicó a interrogar al explorador.

—¿Son muchos? —le preguntó.

—Unos quince o veinte, contando a los niños y las mujeres. Hombres, habrá como mucho unos ocho.

—¿A qué distancia están?

— A... una media hora en carro.

—Bien, llévate un pequeño destacamento bien armado. Diez soldados. Atacadlos y apresadlos, pero procurad no matar a nadie. Luego, los traes a mi presencia —le ordenó y, después, dijo dirigiéndose a sus generales—: Dejadme, quiero estar solo cuando lleguen. —Yo iba a retirarme también, pero me indicó que me quedara—. Creo que esta gente del desierto nos van a ser de gran utilidad. Son los mejores exploradores que podríamos encontrar. Toma buena nota de lo que aquí digan.

Ante mi expresión dubitativa sobre lo que estos personajes pudiesen aportarnos, continuó diciendo:

—Esta gente de baja estofa vive en el desierto. Mercadean, cuidan de sus cabras… Conocen el terreno mejor que nadie, probablemente mejor que nuestros exploradores, y también mejor que lo que nuestros mapas puedan indicarnos. Recuerda aquella máxima que dice: «el conocimiento de la propia ignorancia es el comienzo de la sabiduría».

Y allí permanecí, a la espera de los acontecimientos, preguntándome si realmente sabrían algo que nosotros ignorábamos.

No tardaron mucho en volver con los prisioneros. Todos ellos iban atados, algunos con señales de haber sido golpeados, pero vivos. Entraron con aquella chusma a nuestra tienda: hombres malolientes envueltos en unas mantas raídas y sin lavar desde no se sabía cuándo y, probablemente, llenos de piojos y otros parásitos.

Mi señor los esperaba sentado en su trono de campaña, sobre el pedestal. Cuando entraron, se levantó al momento como si estuviese ante reyes de algún imperio amigo y, dirigiéndose a los soldados que los traían, comenzó a gritarles por cómo se habían atrevido a tratar así a estos hombres del desierto que merecían todo nuestro respeto, exigiendo que los soltaran de inmediato.

Los soldados se quedaron demudados y el faraón aprovechó su desconcierto para despedirlos sin darles ninguna explicación, ni tampoco dejar que ellos abrieran la boca, amenazándolos con recibir un castigo en breve.

Los nómadas del desierto se arrodillaron ante mi señor y este mandó poner a un lado a las mujeres y a los niños, indicando que les dieran comida y agua y los trataran con mimo. En cuanto a los hombres, llegó incluso a tocar a alguno para alzarlo del suelo mientras les indicaba al resto que se pusieran en pie. Su trato iba más allá de cualquier protocolo y yo estaba presenciándolo sin comprender cómo podía tratar así a unos pastores piojosos del desierto.

Mandó traer comida sin especificar, tan solo diciendo: «para mí y mis amigos», y ricas bandejas fueron servidas con toda clase de manjares en ellas. Se sentó en el suelo y compartió su comida con ellos. A mí me mandó sentarme también, pero yo no sabía dónde ponerme para mantener cierta distancia con aquellas gentes cuyo olor nauseabundo me asqueaba. Él, sin embargo, parecía estar compartiendo una agradable charla con unos buenos amigos.

Pronto la conversación se tornó distendida, y reían y se golpeaban los muslos con las manos, o se daban con el codo en los costados. Mi señor reía con ellos y les preguntaba sobre su vida en el desierto; se mostraba tan interesado como si fuese a tomar un rebaño de cabras e ir a reunirse con ellos.

Entre risas, nos contaron el caso de la «cabra perdida». Una cabra que, cuando fueron a recoger el ganado, echaron en falta y a la que estuvieron buscando todo el día, en los apriscos, sin poder dar con ella. Tenían que marcharse y levantar el campamento, pero iba pasando el día y la cabra seguía sin aparecer. Al final, decidieron retrasar la salida un día más y, cuando ya se pusieron a recoger el campamento, se encontraron con que el animal se había metido en una tienda y allí estaba tan tranquila, alimentándose con los cestos de paja. Risas y más risas.

De pronto, y como si de repente cayera en cuenta, les preguntó de manera inocente y casual si no habría quedado algún miembro de la tribu en su campamento, cuidando de las cabras quizá.

Hubo una mirada suspicaz y rápida entre ellos, pero decidieron decir la verdad: faltaba el hijo mayor de uno de ellos, el que estaba al cuidado de las cabras, le dijeron.

Estaba claro que lo más probable es que hubiera visto cómo detenían a los demás y se hubiese ocultado convenientemente, pero dado el trato que estaban recibiendo, decidieron rápidamente que no era necesaria ninguna prevención.

Mi señor les dijo que no podía consentir tal cosa. Se sentía abrumado por la falta de consideración de que habían sido objeto por parte de los soldados y quería resarcirlos a todos. Además, el pobre chico estaría preocupado por su familia, cuando en realidad ellos estaban siendo agasajados por él y pasando un rato agradable. Inmediatamente mandó que pusieran un carro y un auriga a su disposición y fueran a buscarlo para que compartiera esos momentos con todos ellos.

Uno de ellos se levantó y, sonriendo, partió con el carro mientras los demás permanecían en la tienda de mi señor sin ninguna clase de protocolo.

Durante la espera, la conversación la fue conduciendo hacia el conocimiento que poseían del desierto, en general, y más particularmente de la zona en la que nos hallábamos, así como acerca del porqué de nuestra estancia en tales parajes.

Como es lógico, ellos sabían que se trataba de un ejército en marcha, no cabía la menor duda; y fue entonces cuando mi señor les preguntó si habían visto a nuestros enemigos, dado que su campamento era itinerante y perfectamente podían venir desde el norte y haber visto las fuerzas contrarias.

Sonrieron con suficiencia y nos facilitaron varios detalles sustanciosos que nos hubieran podido venir bien si no hubiese sido porque nuestros exploradores ya nos habían dado la información que necesitábamos al respecto.

Según ellos, nos encontrábamos a una jornada del enemigo. Este tenía sus fuerzas situadas de tal manera que podían reunirse para atacarnos a nuestra llegada por cualquiera de las dos direcciones que rodeaban el macizo que se hallaba delante, y además había un pequeño destacamento situado a la salida de un camino estrecho que atravesaba dicho macizo por su mitad.

Esto último atrajo la atención de mi señor de manera especial. Así que había un tercer camino. Ellos se dieron cuenta de su interés y, entonces, el hombre que tenía a mi lado me clavó el codo en el costado con camaradería, al tiempo que me hacía un guiño como queriendo mostrar su perspicacia. Yo sonreí como pude, pero mucho me temo que fue con cierta cara de circunstancias. La situación me resultaba, diciéndolo suavemente, molesta. Eso sí, veía que estábamos obteniendo información que podía resultar muy valiosa, aunque yo era un lego en las cuestiones militares.

Empezó a preguntarles más específicamente sobre esa tercera ruta, y así supimos que se trataba de un camino estrecho, aunque era casi recto, y que desembocaba en medio de la llanura que se encontraba a los pies de la fortaleza de Megido.

Les pidió, mi señor, detalles de cómo se llegaba hasta allí e incluso se ofrecieron a guiarnos, aunque dejando bien claro que ellos no se metían en guerras, que no era lo suyo «eso de andar con armas».

Mientras esperábamos la llegada de ese miembro de la tribu que se había quedado en su campamento, mi señor tomó un carro y, acompañado por uno de ellos, que se ofreció a servirle de guía, fueron a ver por dónde se accedía a ese camino y qué dificultades podría entrañar, aunque de momento le bastaba con saber llegar hasta él.

Regresaron pronto, tan pronto que, a su llegada, coincidieron con el otro carro que venía con el hijo que se había quedado «cuidando las cabras». Se apearon del carro y mi señor les indicó que los soldados los acompañarían al lugar asignado para su descanso, mientras él se reunía con sus generales.

—Obligaciones que debo cumplir —les dijo mientras entraba en su tienda, añadiendo que pidieran todo aquello que les fuera menester, y les insistió—: Por supuesto, seréis debidamente recompensados, me habéis facilitado una información muy valiosa.

Nos quedamos los dos solos.

—¿Qué te ha parecido esta gente? —me preguntó con una sonrisa burlona.

Yo arrugué la nariz sin poder remediarlo y él estalló en una carcajada.

—Sí, huelen mal —y mientras decía esto, con sus propias manos, iba encendiendo los pebeteros con aceites perfumados—, pero nos han aportado información que puede ser muy valiosa. Haré inspeccionar ese camino. Es posible que podamos sorprender al enemigo y, además, escoger el campo de batalla. Son un puñado de reyezuelos que se han unido contra Egipto para no pagar los tributos que deben a nuestro país, pero dudo mucho de que cuenten con un mando perfectamente definido. Habrán hecho sus planes para enfrentarse a nosotros en los campos por ellos elegidos. Si han sido previsores, tendrán una estrategia bien definida y cada uno sabrá cuál es su puesto, dónde debe estar, por dónde atacar y cuándo, pero si les trastocamos todo eso, si aparecemos por otro lado y se ven obligados a cambiar lo previsto, lo más probable es que no acierten a decidir quién hace qué y, sobre todo, quién toma la decisión. Intentaremos jugar esta baza.

Se dirigía a mí cuando hablaba; de hecho, no estábamos más que nosotros dos, pero en realidad lo que estaba haciendo era pensar en voz alta. Yo lo sabía, era evidente, así que no vi necesaria una respuesta, y él tampoco la esperaba.

Entonces, se dirigió a uno de los guardias que estaba apostado en la puerta y le dio unas órdenes muy concretas:

—A estos hombres del desierto que acaban de salir de aquí, matadlos a todos. Las mujeres y los niños, también. Que no quede un solo testigo de ellos. Que vaya un grupo a su campamento y lo haga desaparecer. Que no quede nada. Tiene que dar la sensación de que se han marchado. O, mejor aún, que nunca han estado por aquí. Nadie debe saber que han estado en contacto con nosotros. Y haz venir al grupo de exploradores, tienen algo urgente que hacer.

Se giró, pensativo, y de nuevo volvió a dirigirse a mí:

—¿Te has dado cuenta de que todos hablaban un egipcio bastante aceptable? Estas ratas del desierto se muestran como pastores de cabras, pero suelen dedicarse al pillaje y a la mercadería. Traen y llevan diferentes productos para su intercambio, y en estos momentos el producto mejor pagado es la información. Si los dejara con vida, no tardarían en levantar su campamento e ir hacia Megido a vender información sobre nosotros; es incluso probable que estuvieran acampados aquí cerca para espiarnos. Quizá tenían ya esa misión, o quizá lo habían decidido por iniciativa propia. No lo sabemos, y ya no nos importa. Les he sacado lo que quería e incluso más de lo que esperaba, y no me negarás que lo he hecho de forma rápida y agradable. Ahora, nos toca averiguar hasta qué punto podemos aprovechar los conocimientos que nos han proporcionado.

Llegué al convencimiento de que mi señor no sabía mucho de las intrigas palaciegas, pero en la guerra sabía lo que se hacía.

No llamó a sus generales, ni quiso recibirlos ese día. Esperó a que le trajeran informes sobre esa tercera ruta de la cual le habían hablado los pastores.

Al final, volvieron los exploradores. El camino era viable pero estrecho. No permitía el paso de más de dos hombres a la vez y los carros era imposible que pasaran por allí si no se desarmaban primero. Entonces sí hizo llamar a todo el Estado Mayor en pleno. Debían decidir qué ruta tomar.

Al principio, había ciertas discrepancias acerca de si tomar la ruta del este o la del oeste. La del oeste era algo más larga, pero era más cómoda y, por tanto, más rápida. En cuanto al terreno que encontrarían como campo de batalla, las dos rutas ofrecían bastantes similitudes.

Unos opinaban que era mejor tomar esa ruta para sorprender, dentro de lo posible, antes al enemigo, con la idea de darle menos tiempo para prepararse. Otros que era la ruta más plausible y, por tanto, aquella en que seríamos esperados con mayor probabilidad. Incluso se apuntó una tercera opción, la de dividir el ejército en dos y tomar ambas rutas simultáneamente para acorralar al enemigo entre dos frentes, aunque eso significaba también que esos dos frentes iban a ser más débiles.

Entonces, mi señor planteó una opción que fue rechazada por unanimidad, la opción de tomar el camino que atravesaba el macizo. Lo estrecho del paso hacía que una pequeña fuerza colocada a la salida del desfiladero pudiera derrotarnos enseguida, dada la poca velocidad con que el ejército podría salir de allí. De hecho, la vanguardia del ejército estaría saliendo, por un lado, cuando todavía la retaguardia estaría entrando, por el otro. Sería un ejército muy vulnerable.

Pero mi señor se empecinó en esta opción, aludiendo sobre todo a lo que ya me había comentado a mí; aludiendo al desorden organizativo que crearía en el bloque enemigo. Propuso que a la vanguardia fuera un importante grupo de arqueros, que debían escalar las paredes del desfiladero y situarse sobre la ladera exterior, encima del destacamento que se encontraba a la salida del desfiladero, para desde allí hostigarlo, permitiendo así la salida de las fuerzas de infantería y dando tiempo a ir montando los carros con los que cargar contra el enemigo. De este modo, quería acabar rápidamente con ese pequeño contingente de tropas, lo cual nos proporcionaría un tiempo precioso para hacer pasar al ejército mientras se creaba el desconcierto, ya que lo más probable es que los mitannos creyeran que se trataba solo de una maniobra de distracción, y no que el grueso del ejército estaba preparándose a sus espaldas.

En contra de la opinión de todos sus generales y ante la única opción del «Oigo y obedezco» acostumbrado, se procedió a tomar la tercera vía.

Se ordenó, entonces, levantar el campamento y enfilar hacia el desfiladero. Mi señor iba al frente, y yo con él. El camino era como nos habían explicado, estrecho y encajonado entre dos paredes de piedra. Íbamos a buen paso. Cuando estábamos a una distancia cercana pero prudencial de la salida, nos tomamos el descanso necesario, previo a la batalla.

Con el alba, los arqueros designados para tal fin fueron escalando las paredes rocosas, dirigiéndose después hacia el norte a fin de ocupar una posición ventajosa sobre el enemigo. Todo ello con el mayor sigilo y ocultándose lo mejor posible para poder contar con el imprescindible factor sorpresa. Mientras tanto se fueron montando los carros un poco más hacia delante, donde el camino iba tomando cierta anchura. La vanguardia estaba dispuesta y todos se hallaban a la espera de las señales que indicaran el inicio de la batalla que, en este caso, no dejaba de ser una pequeña escaramuza pero esencial para que todo saliera según lo previsto.

Como en una reunión de músicos bien orquestada, las cosas fueron haciéndose en el momento adecuado, con lo cual todo se desarrolló según las previsiones de mi señor. El destacamento fue derrotado en breve tiempo, sin que el grueso de las tropas enemigas reaccionara de forma visible. Lo más probable es que creyesen que se trataba de una maniobra de distracción porque parecía inconcebible que nuestras tropas hubiesen pasado por tan estrecho camino, así que no apoyaron a los hombres que se encontraban en esa posición.

Esta reacción, o más bien esta ausencia de reacción, nos dio un tiempo precioso durante el cual nuestras tropas fueran formándose. y, cuando quisieron darse cuenta de que tenían al ejército enemigo en pleno a sus espaldas, ya era demasiado tarde. El terreno para la batalla lo habíamos elegido nosotros.

Montamos el campamento necesario para pasar la noche e inmediatamente hubo una nueva reunión de generales; debíamos decidir la estrategia que seguiríamos en la siguiente jornada.

Nuestro campamento estaba más cerca de Megido que el de los mitannos. No les cortábamos el paso de todas maneras. Su principal fuerza se centraba en los carros. Tenían muchos, más de doscientos, pero eran más pesados que los nuestros, aunque con una mayor fuerza de ataque ya que ellos llevaban dos arqueros en cada carro, mientras que nosotros llevábamos uno. Nuestra ventaja era la velocidad y, al ser más ligeros, con una mejor adaptación al terreno.

Se decidió dividir el ejército en tres frentes. Uno para cada uno de los flancos enemigos y un tercero, comandado por el faraón en persona, directamente contra las tropas enemigas en un ataque frontal.

Al amanecer, y antes de formar las tropas para acometer un nuevo ataque, mi señor quiso dirigirse a ellos, en la arenga de rigor.

Como siempre, subido en su carro de guerra, resplandeciente a la luz del alba, brillante la plata que lo cubría, con su casco de faraón y su coraza, los caballos ricamente enjaezados pero pertrechados para la guerra, con todos los distintivos de faraón y de general de los ejércitos de Egipto, así fue como mi señor se dirigió a las tropas:

—Soldados de Egipto, ante nosotros se presenta un ejército numeroso y bien armado, pero... que eso no os asuste. Son un montón de hombres sin general, sin rey y sin dios, mientras que vosotros contáis con el faraón de Egipto, señor de las dos tierras, rey de reyes, dios en la Tierra, y con la ira de Set, que nos acompaña.

»El suelo que pisáis pertenece a tierras tributarias de Egipto, pero ahora está bajo vuestros pies y donde ponga el pie un egipcio, eso es Egipto. Estáis en vuestra patria y esos hombres que nos esperan en combate son solo un montón de hombres sin patria al mando de unos vulgares reyezuelos.

»Los venceremos. Correrán ante nosotros como ratas asustadas para ir a refugiarse tras los muros de Megido, pero entraremos en Megido y la ciudad será nuestra, y Megido será Egipto. Si Egipto es grande, esta batalla lo hará más grande aún; y vosotros siempre recordaréis que formasteis parte de la batalla que hizo de Egipto, un Egipto más grande y más seguro para vosotros, vuestros hijos y los hijos de vuestros hijos.

»Id y luchad, y ganad.

16. MEGIDO

Y así comenzó la verdadera batalla. Atacamos al enemigo por los flancos norte y suroeste. Mi señor dirigía una tercera fuerza en dirección hacia el centro de las huestes enemigas. El ataque frontal, con nuestro faraón al frente, en su carro plateado de guerra, fue rápido y contundente. Las tropas enemigas, mal coordinadas y sorprendidas, sobre todo por el ataque del faraón de Egipto, no supieron defenderse y pronto huyeron hacia Megido, a gran velocidad. Las puertas de la ciudad se abrieron para recibir a sus hombres, que corrían abandonando sus pertrechos por el camino, perseguidos por las fuerzas egipcias. No llegaron a poder utilizar sus carros ya que la velocidad del ataque los dejó bloqueados, sin acertar a moverse y, además; el terreno hacia el que se habían replegado era escarpado. Un error grave, dado que su mayor fuerza se centraba en esos carros de guerra. Fue tal el ímpetu de nuestras fuerzas que la ciudad pronto se vio obligada a cerrar sus puertas sin dar tiempo a refugiarse a toda la soldadesca; incluso llegaron a subir hombres por las murallas sujetos a telas que les lanzaban desde arriba. Entre ellos, dos jefes de la coalición. Habían dejado abandonado en el campo de batalla su campamento, con sus armas, carros, caballos y demás pertrechos.

Y esto fue lo que les salvó de nuestra victoria total ya que nuestras tropas, ante el botín que allí se les ofrecía, se entretuvieron en recoger lo abandonado, así como en cortar penes de los enemigos muertos para su recuento, o en hacer prisioneros, sin acatar las órdenes de dirigirse contra Megido sin dilación alguna.

Resolver esta desobediencia de las tropas supuso tener que proceder al asedio de la ciudad de Megido que —y entonces aún no lo sabíamos— llegó a durar siete meses. Pero la victoria fue apoteósica.

Recordé entonces nuestra entrevista con aquellos sucios pastores y lo bien que mi señor supo aprovechar la información que les entresacó sobre la existencia de un tercer camino. Fui consciente de que poseía una actitud especial para conseguir información y recordé la frase de nuestro maestro, aquella que nos decía cuando éramos estudiantes: «La sed de conocimiento nos hace hombres, pero el conocimiento nos hace dioses». En este caso, mi señor no necesitaba hacerse dios, ya lo era.

Después, mandó el faraón construir un foso y una empalizada alrededor de la población para impedir la entrada y salida de cualquier persona, de cualquier arma, de cualquier alimento, de cualquier mensaje..., de todo. El ejército estableció su campamento a una distancia conveniente de la ciudad, lo más cerca posible, pero manteniendo la distancia suficiente como para no quedar al alcance de sus flechas. Mandó también construir una fortificación al este de Megido donde se aposentó él y el Estado Mayor de su ejército. Yo no pertenecía al

Estado Mayor, evidentemente, pero siempre estuve con mi señor.

No hubo grandes enfrentamientos durante ese tiempo. De vez en cuando, alguien intentaba salir, pero era rechazado sin dilación. La empalizada y el foso se reparaban constantemente con el fin de mantenerlos en buen estado. En el interior de la ciudad, estábamos seguros de que había suministro de agua, posiblemente les llegaba desde algún pozo. Ninguna fortaleza se puede mantener sin ella, pero la comida se acabaría tarde o temprano. Además, la población había aumentado considerablemente con la entrada de las tropas que habían buscado refugio entre sus muros. La muralla era inexpugnable, se hallaba sobre un lecho de roca, con paredes de seis metros de anchura y diez de altura. Si el suelo no hubiese sido de roca, se hubiera podido escavar bajo la muralla y hacer que cayera por alguna parte, pero en este caso esa solución era inviable.

Al principio, eran normales los insultos lanzados desde lo alto de la muralla, pero pronto aprendieron que nuestros arcos tenían mayor alcance que los suyos y que nuestros arqueros eran muy hábiles. El hecho de que esos insultos fueran pagados con la vida de quien los lanzaba les hizo tomar más precauciones.

Siete meses permanecimos a la espera de que se rindieran por hambre; simplemente por hambre. Este largo tiempo ante Megido y la aparente tranquilidad de nuestro estado, ya que a nosotros no nos faltaban suministros, hicieron que nuestra «retaguardia» se reuniera con el ejército. Las bailarinas, los tragadores de fuego, los encantadores de serpientes, los contadores de cuentos, las prostitutas, los mancebos... volvieron a animar a la tropa. Los hombres cumplían con sus guardias, con sus exploraciones rutinarias del estado de la empalizada, con sus cometidos ordinarios y, luego, disfrutaban de un entorno que les ofrecía variadas diversiones.

Se podría pensar que esa rutinaria actividad relajaba a la tropa en el cumplimiento de sus obligaciones, pero no era así. No teníamos enfrentamientos, pero la disciplina era férrea, según las instrucciones de mi señor. Había, además, un hecho positivo, que esa actividad extracastrense era observada por un enemigo que debía racionar los alimentos, lo cual sin duda minaba su moral.

La fortaleza en la que estábamos instalados tampoco era ajena a estos divertimentos. Todos los días había una reunión sobre los informes de las diversas actividades observadas en el enemigo, el estado de la empalizada y del foso, así como sobre las noticias que nos traían los exploradores desplegados por los alrededores de la zona; pero también había horas de asueto. Largas horas de asueto: recibíamos la visita de bailarinas, mancebos, magos, rapsodas y todo lo que Egipto podía proveer a su faraón, que era mucho, aunque el sitio no pudiera compararse al palacio tebano.

Así fue como me prendé de una bailarina joven, bella y diestra, tanto en su arte de bailarina como en el amor.

Se hacía llamar Isis y realmente era como una diosa. De pelo negro con un corte clásico egipcio que el viento agitaba en aromas de espliego y romero y menta. Sus ojos negros como el azabache, brillantes, con puntos de luz de trigo estival y Nilo pausado y cielo turquesa. Sus caderas firmes y rotundas con una cintura dúctil y fácil de tomar entre las manos. Sus pechos duros y enhiestos, desafiantes. Todos los dioses se revolvieron por el interior de mi organismo dejando temblores y vacíos. Me enamoró.

Mi señor vio pronto el interés que ella había despertado en mí y me la concedió sin más, diciéndome que yo también tenía derecho a enamorarme ya que la unión con mi esposa había sido pactada y a esta la había elegido mi corazón.

Solo me puso dos condiciones: una, que cuando terminara el asedio se acabaría mi aventura con ella y, otra, que no tuviera hijos que pudieran alterar mi vida marital. Me lo dijo entre risas, ya que ni él ni yo podíamos saber entonces lo que me costaría cumplir esas condiciones, pues me enamoré de ella perdidamente.

Fue para mí la aventura que nunca había vivido, el escape de la vida plácida y serena que vivía con Estrella, el despertar a un amor no buscado, sino sorprendentemente encontrado; y todo ello con el aliciente de saber que se acabaría en cualquier momento, de no saber si al día siguiente podríamos volver a vernos. Esa incertidumbre hacía que viviéramos cada día, cada noche, cada momento, como si fuera el último; y nuestro amor ardía con luz propia.

Los hombres en la batalla arriesgan su vida y matan para salvarse. Yo no empuñaba un arma dada mi condición de escriba, pero sufría las marchas, las incomodidades de vivir en una tienda de campaña o en una fortaleza, como era el caso, y también tenía derecho al descanso del guerrero, siempre y cuando eso no alterara mis relaciones conyugales, ni afectara a mi familia.

Era hermosa, muy hermosa, y tenía una especial cadencia en sus movimientos, una gracia adquirida por su condición de bailarina pero también innata.

Su voz, rica en matices y seductora, y una conversación amable y amena. Lo tenía todo. Entablábamos largas conversaciones, me contaba anécdotas de su infancia, de los señores que había conocido en su vida. Era lo bastante discreta como para no dar nombres, ni especificar qué tipo exactamente de relación había tenido con ellos. Yo no preguntaba.

Yo también le contaba cosas de mi vida y... tampoco daba nombres. No traspasábamos los límites que nuestro entorno (estábamos en guerra) nos obligaba a mantener. Así que no podía compartir con ella determinadas intimidades ni propias ni de mi entorno, y mucho menos de mi señor. Pero nuestros encuentros eran siempre agradables y sabíamos llevar las conversaciones por los derroteros adecuados.

En cuanto oía su voz se despertaban en mí todos los sentidos y mi corazón empezaba a galopar mientras la llama del deseo se encendía como no lo había hecho nunca en mi vida.

Entonces pensé que era el amor de mi vida y que lo sacrificaba por una vida apática y aburrida y por cumplir los deseos de mi señor. Ahora que ha transcurrido el tiempo y he llegado a una edad en la que me puedo permitir hacer balance de mi vida, de las cosas que me sucedieron y de las decisiones que tomé, me doy cuenta de que su mayor atractivo era la novedad y la ausencia de obligaciones. El tener una relación libre y sin compromiso cuya única finalidad era el placer del momento, el disfrute de nuestra mutua compañía.

Fue dolorosa la despedida, pero aquella aventura amorosa fue una experiencia personal que dejó un buen recuerdo.

Hoy creo que la decisión de dejar que se marchara cuando, por fin, Megido se rindió, fue acertada. Un buen recuerdo, pero mi vida estaba junto a mi esposa y junto a mis hijos. Hoy, insisto, sé que el amor entre esposos es distinto pero pleno, y puedo afirmar que me llena por completo.

Transcurría el tiempo y Megido no parecía querer rendirse, pero llegó el día en que lo hizo; tenía que llegar. Desde lo alto de las murallas de la ciudad, una voz anunció su rendición, al tiempo que nos pedía paso franco para una delegación de hijos de los reyezuelos coaligados que portarían cuantiosos regalos para mi señor.

Se llevaron a cabo las negociaciones oportunas y, al atardecer, se abrieron las puertas de la ciudad por las que salió una comitiva formada por unos veinte jóvenes de diferentes edades y varios carros cargados con diversas piezas de oro, piedras preciosas, pieles exóticas, etcétera.

Nuestras tropas formaron un pasillo a través del cual avanzaron lentamente aquellos muchachos. Iban vestidos con ricas prendas, pero se apreciaba la falta de alimentación en sus rostros demacrados y sus cuerpos delgados; más delgados de lo normal.

La tropa se mantuvo en silencio. Simplemente los observaban, quietos, firmes, en su posición de soldados en formación, perfectamente disciplinados.

Fueron conducidos hasta la fortaleza en que los esperaba mi señor, sentado en su trono, en lo alto de las escaleras del patio delantero.

Ellos se arrodillaron ante él, apoyando su cabeza en el suelo, entre las manos, reclamando su clemencia para los habitantes de Megido.

Mi señor nada dijo. Solo hizo un leve gesto con el que indicó que fuesen trasladados al interior de la fortaleza donde serían retenidos como rehenes hasta concluir la toma de la ciudad.

Fue entonces cuando se formó la comitiva que entraría en la ciudad, y yo tuve, una vez más, el honor de acompañar a mi señor. Un importante destacamento armado nos acompañaba.

Oscurecía. La luna se mostró sobre el horizonte, muy baja y de un color rojo sanguinolento. Mal presagio pensaron algunos, pero en las guerras hay que discernir a qué bando va destinado ese mal presagio. En este caso estaba claro que era para Megido.

Traspasamos las puertas de la ciudad en silencio. Solo se oía el ruido de los cascos del carro de mi señor y el entrechocar de las armas. El pueblo de Megido, desarmado, como es natural, se agolpaba en las calles formando un pasillo por el que avanzaba el destacamento. Si la desnutrición se evidenciaba en los hijos de los reyezuelos, aquí daba la sensación de que estábamos rodeados por un montón de mendicantes con muy mala fortuna. Mendicantes que ni siquiera tenían fuerzas para pedir; habían retrasado los planes de mi señor, sí, pero lo habían pagado muy caro.

Al fin llegamos hasta una plaza situada frente a las puertas del palacio real, un edificio que probablemente ellos consideraran imponente, pero, a nosotros, que procedíamos de Tebas, nos pareció más bien sencillo.

Nos comunicaron que el rey de Megido nos esperaba en la sala del trono y que uno de los generales de la coalición nos guiaría.

17. MEGIDO, CONQUISTADA

Y así fue. El palacio estaba vacío. Nuestras pisadas resonaban por las salas que íbamos atravesando. Las lámparas de aceite iluminaban el camino y por los ventanales entraba la luz de la luna, ya blanca, que brillaba espléndida en el firmamento.

Nos detuvimos ante las puertas de lo que imaginamos era la sala del trono; unas puertas altas, grandes y pesadas que dos sirvientes abrieron para nosotros sin aparente esfuerzo. Ante nuestra vista apareció una sala amplia y desnuda, con el suelo de piedra. En ese momento, no pude evitar pensar que todas las piezas que la adornaron en su día se hallaban ahora en poder de mi señor.

Aquí, también la luz de la luna era una protagonista más de los acontecimientos; entraba por unos amplios ventanales, justo enfrente de nosotros, en el fondo de la sala. Y delante de esos ventanales, el trono real, situado sobre un pedestal al que se accedía subiendo unos escalones.

En las paredes laterales, en las columnas ricamente ornamentadas, diversas lámparas de aceite luchaban contra la oscuridad reinante.

Sentado en el trono nos esperaba el rey de Megido. A su lado, sobre el pedestal, su esposa y sus tres hijos. Niños de entre cuatro y diez años. Todos varones. Todos muertos. Como sus padres. Estaba claro que el jerarca había degollado a su esposa y sus hijos para luego degollarse él mismo, sentado en el trono. Su cadáver, medio caído, se mantenía en el trono. Los cuerpos sin vida de su esposa y sus hijos estaban tumbados, como si durmieran. El cuerpo del regente estaba ladeado hacia su derecha. Sus ropas empapadas en sangre, y era eso lo que más destacaba en ellas, la sangre. Los bordados y adornos habían perdido su realce ante la sangre que los empapaba. Su corona en el suelo, perfectamente colocada, con el sello real junto a ella, delante de la sangre. Ambas cosas pegadas a la sangre, salpicadas de sangre. Su mujer y sus hijos, a su derecha. La madre yacía en el suelo con una pierna doblada sobre la otra, un brazo bajo el cuerpo y el otro extendido hacia su hijo pequeño, al que aún daba la mano. El niño parecía ajeno a la situación. Sus hermanos estaban un poco más alejados, hacia la derecha, del resto de miembros de su familia. Estaban juntos, los dos, sus cadáveres perfectamente alineados como si estuvieran en formación militar. Alguien los había puesto así. Todos perfectamente vestidos. La madre, con su tiara de oro aún puesta, como si se dispusiera a acudir a una recepción en ese preciso instante.

La sangre de todos ellos se unía en una sola y formaba un gran charco sobre el pedestal del trono, y resbalaba por los escalones, goteando, chorreando hasta formar otro charco más pequeño al llegar al suelo de piedra de la sala. Era una sangre aún fresca que la luna teñía de azul; y los ojos de los muertos nos miraban con esa mirada vacía y silente propia de la muerte.

Si hubiéramos entrado hablando, esta escena probablemente nos hubiera hecho callar, pero el silencio reinó en todo momento. Y en silencio continuamos, éramos incapaces de retirar la mirada ante aquel triste espectáculo. Superada la sorpresa, solo se oyó la voz de mi señor quien rompió el silencio para decir que la decisión del rey de Megido de acabar con su vida y la de su familia le había impedido ser magnánimo. Mandó recoger los cadáveres y limpiar la sala del trono. Salimos de allí.

Permanecimos poco tiempo más en la ciudad, alrededor de una semana, lo justo para rellenar el foso, quitar la empalizada, recoger nuestro botín y volver a nuestras casas con el pensamiento puesto ya en la próxima campaña.

Trescientos cuarenta cautivos, ochenta y tres penes, dos mil cuarenta y un caballos, novecientos veinticuatro carros, doscientas dos mallas de bronce y quinientos arcos fue el recuento que obtuvimos de nuestras ganancias. Y además, todas las riquezas en forma de oro, plata, etcétera, y el ganado que nos llevamos. Fue una victoria costosa, pero que redundó en ganancias no solo materiales, sino estratégicas. Acabábamos de abrir las puertas de Oriente a Egipto.

Mi señor se vio asimismo obligado a tomar decisiones de carácter político. Para empezar, reafirmó en sus puestos a los reyezuelos que nos habían presentado batalla, llevándose consigo a sus hijos a Egipto, para educarlos como egipcios; de este modo, se aseguraba su fidelidad y, además, lograba que la siguiente generación se sintiera egipcia.

Solo mandó matar a Tell Nebi Mend, príncipe de Qadesh, dado que fue el impulsor del levantamiento militar contra Egipto, pero puso en su lugar a un lugarteniente de este, y se llevó a los hijos del príncipe y el lugarteniente a Egipto.

Dejó parte del ejército en Megido y a uno de sus generales al cargo, para que se ocupase de las cuestiones administrativas hasta nueva orden, y volvimos a Tebas, a nuestras casas, con nuestras familias.

La noche anterior a nuestra marcha fuimos invitados a presenciar un rito de fertilidad en el templo de Astarté, diosa de la Luna y de la fertilidad a la que adoraban estas gentes.

Los muros se hallaban cubiertos de pinturas con representaciones de la diosa en sus diferentes funciones: haciendo crecer la mies con su bendición, propiciando la cría de ganado, llenando las aguas de peces, y prohijando a los hijos de los hombres.

Los ritos que íbamos a ver se realizaron en un patio interior, abierto, al que la luz de la luna accedía suavemente. Rodeado de altas columnas pintadas en vivos colores, las antorchas colocadas en sitios estratégicos iluminaban las zonas más oscuras. El olor a incienso inundaba todo el recinto. Probablemente, durante el asedio había escaseado la comida, pero el incienso, como no se come, todavía les duraba.

Había asientos para todos. En primera fila, en el centro, el trono portátil de mi señor. A sus lados, asientos para sus generales. En una esquina, pero también en primera fila, yo. Detrás de nosotros, los reyezuelos que habían sido restituidos por mi señor en sus puestos. A los lados, de pie entre las columnas, los soldados egipcios de la guardia real con todo su armamento.

Cuando ocupamos nuestros respectivos sitios, dejando un amplio espacio ante nosotros para que los celebrantes pudieran ejercer su ritual, empezaron a sonar los tambores. Una cadencia primero suave, pero que fue ganando en volumen hasta atronar el lugar.

Silencio. De repente, el silencio se hizo con todo nuestro ser, ante la ausencia de esos sonidos que nos habían hecho vibrar hasta entonces.

Una música suave empezó a sonar, sin que supiéramos de dónde provenía. En algún lugar oculto a nuestra vista, una orquesta de flautas, liras y crótalos estaba dando la entrada a algo que indudablemente sucedería a continuación.

Desde el fondo del escenario en que se había convertido aquel patio del templo, surgió un grupo de hermosas mujeres, vestidas únicamente con unas telas transparentes que las cubrían desde la cintura hasta los pies. Sus pechos, al aire; sus cuerpos, brillantes a la luz de la luna, reflejaban en ellos tanto esa luz como la de las antorchas. Comenzaron una danza lenta al ritmo de la música. Música que fue acelerando su ritmo y que ellas seguían como si formaran parte de un todo. Pronto empezaron a dar saltos espectaculares y a adoptar posiciones inverosímiles, mientras, de nuevo, comenzaban a sonar los tambores, tomando el protagonismo y acelerando el ritmo.

Silencio. Silencio. Otra vez de forma repentina. Las danzantes se quedaron quietas, expectantes, a ambos lados del escenario, con la mirada dirigida hacia el lugar por el que habían aparecido. Seguramente había una puerta, pero quedaba oculta a nuestra vista, cegados como nos hallábamos por la luz de la luna que nos llegaba justo por encima de esa pared del templo. Las antorchas estaban situadas de tal manera que ese punto quedaba a oscuras.

Entonces sonó una flauta, una sola flauta, con una melodía suave que parecía provenir de un sueño. Y apareció Astarté. Probablemente era una sacerdotisa o la suma sacerdotisa. Una mujer de extraordinaria belleza, vestida con una túnica confeccionada con el mismo tejido transparente que el del resto de danzantes, pero que en su caso la cubría por completo, dejando solo sus hombros al aire; aunque la tela era tan sutil que permitía adivinar unos pechos turgentes. En sus manos, dediles de plata, y unas serpientes también de plata se enroscaban en sus brazos, desde las muñecas hasta los codos. Una tiara de plata sujetaba sus cabellos sobre la frente. En medio de la tiara brillaba una hermosa piedra blanca y redonda como la Luna en plenilunio. Sus cabellos, de un negro azabache, ungidos en algún óleo, caían brillantes y en abundantes rizos sobre sus hombros. La sacerdotisa lucía las joyas de la diosa, y ella misma era la diosa.

Entró lentamente, como si flotara. Ni la tenue tela de sus ropajes se movía cuando caminaba. Se situó en el centro del escenario, quieta, estática. Luego empezó a mover sus manos, solo sus manos, siguiendo el ritmo de la música, y las bailarinas, probablemente sacerdotisas también, comenzaron a moverse como si estuvieran unidas por unos hilos invisibles a sus manos. La danza era subyugante y erótica. Era una danza de vida, de fertilidad.

De repente, un gran golpe de tambor interrumpió su danza y todas las bailarinas corrieron hacia los lados desapareciendo de nuestra vista. Ante nosotros, solo quedó Astarté.

Entonces irrumpió en escena un dios-toro, un hombre desnudo con cabeza de toro. Su cuerpo ungido en aceites, brillante, con sus músculos bien remarcados. Un pene enhiesto de oro y de tamaño considerable cubría los genitales naturales del danzante.

Los tambores, solo los tambores, retumbaban a un ritmo frenético mientras el hombre-toro se lanzaba a una danza frenética, agresiva; y la diosa tan pronto lo esquivaba como lo atraía hacia ella. Era una danza de dos, de sexo, de pasión. El hombre-toro parecía llevar la iniciativa y ella lo rechazaba, pero si él cesaba en su empeño era ella quien lo buscaba. Así permanecieron un rato hasta que Astarté consiguió que él se doblegara a sus deseos, deseos de que se mostrara menos agresivo y más suplicante. Suplicante de amor. Entonces, ella lo abrazó y él la tomó en sus brazos y se la llevó, en volandas, perdiéndose ambos en la oscuridad, mientras los tambores callaban y volvía a oírse el suave sonido de la flauta.

Un rito de fertilidad celebrado en nuestro honor. Fertilidad que iban a necesitar para que fructificaran de nuevo sus campos y pudieran pagar el tributo a Egipto.

Al día siguiente partimos.

18. LA VUELTA A CASA

El camino de regreso fue alegre y distendido, a pesar de los esfuerzos de los mandos por mantener la disciplina. Los hombres se mostraron contentos al pisar de nuevo suelo egipcio, sin enemigos a los que enfrentarse, con las ganancias que la guerra les había proporcionado y la seguridad de que, por fin, regresaban a casa.

Como siempre, enviaron unos mensajeros como avanzadilla, esta vez para avisar de nuestro regreso, y la ciudad nos preparó el recibimiento merecido. No fue Hatshepsut la encargada de los preparativos; esa función bien la podía hacer el portador del sello que se había quedado en Tebas.

Y así lo hizo. Fue un recibimiento apoteósico, como era de esperar porque si en las ocasiones anteriores nos habíamos limitado a hacer pequeñas incursiones en la parte sur de nuestras fronteras, esta vez llevábamos mucho tiempo fuera de casa. Aunque lo de menos era el recibimiento público.

En realidad, teníamos ganas de estar en nuestras casas, de descansar. Y yo, en particular, me encontré deseando poder hablar con mi esposa, contarle mis aventuras (no las amorosas, claro) y abrazar a mis hijos. Regresaba a casa.

Un hijo dejé en Tebas y otro en el vientre de mi esposa, pero cuando llegué seguía teniendo un solo hijo y el vientre de Estrella estaba vacío. El hijo que esperábamos murió al nacer. Entonces no lo sabía, pero los dioses no me iban a conceder más hijos vivos que el primero. Dos hijos más engendró el vientre de mi esposa, y dos murieron al nacer. Tres hijos en total y solo el primero llegó a vivir. Los dioses no quisieron concedernos más. Yo solo conocí a uno, al que todavía alegra mi vejez, los otros nacieron estando yo en tierras lejanas con mi señor y murieron a las pocas horas de nacer. Estrella fue quien sufrió su muerte y quien sintió su vida dentro de su vientre. Es la gloria y la maldición de su sexo: percibir la vida antes de que salga a la luz y esperar con la incertidumbre de si el fruto de su vientre saldrá con bien. Yo, alejado por mis obligaciones, solo podía acompañarla en su pena cuando regresaba a Tebas.

Después de aquella campaña triunfal, mi señor decidió que era el momento de dar un heredero a Egipto, así que atendió a sus esposas convenientemente y pronto tuvo a dos embarazadas en palacio.

Él también vivió la circunstancia de marcharse a sus campañas militares dejando a sus esposas embarazadas, pero lo vivió de otra manera. Alimentaba cierta prevención, no hacia las mujeres en general, pero sí hacia las esposas reales. Nunca quiso concederles ningún título, ni siquiera a aquellas que le dieron hijos varones candidatos a la corona.

En cuanto se tuvo noticia de que había dos esposas reales embarazadas se pusieron en marcha todos los resortes de la corte: las intrigas palaciegas, las apuestas por una u otra de las esposas, el acercarse a esas dos mujeres embarazadas que podían ser madres del futuro faraón, que se habían convertido en personajes muy importantes. Todos sabían que quien tuviera el primer hijo varón sería la designada como primera esposa real; lo que no sabían es que mi señor no tenía ninguna intención de designar una esposa real. Y así se fueron urdiendo los diferentes hilos de la corte.

Según una costumbre egipcia, una de esas dos mujeres regiría Egipto durante las ausencias de mi señor. En el caso de otros faraones, esas ausencias serían puntuales, pero mi señor pretendía permanecer largos períodos fuera de la corte. Así que, si siempre ha sido importante en Egipto mantener una buena relación con la primera esposa real, ahora esa circunstancia lo convertía en algo fundamental. Incluso ya se especulaba con la posibilidad de que fuera la esposa real quien gobernara, de hecho, Egipto mientras el faraón se dedicaba a ampliar nuestras fronteras.

Ellas se mostraban felices, subidas al podio del poder, dejándose agasajar por unos y otros sin sospechar siquiera las intenciones de mi señor.

Yo sí lo sabía. A mí me lo había dicho: «Nunca dejaré Egipto en manos de una mujer. Nunca daré poder alguno a una mujer». Pero yo callaba. Y él también. Dejó que la corte se revolucionara, que las mujeres mostraran sus pretensiones, que los cortesanos mostraran las suyas.

A nadie se le ocurrió preguntarle nada al respecto. Nadie podía sospechar que mi señor iba a actuar con sus esposas de una forma diferente a la acostumbrada. Se limitaban a felicitarle por la promesa de herederos para la corona, y él agradecía sus felicitaciones con naturalidad. Eso era todo.

Entretanto, mi señor disfrutaba de Tebas. Fiestas palaciegas, divertimentos de diversa índole, salidas de caza, etcétera. Eso sí, ya no hubo más salidas nocturnas vestido de mercader. Entonces, supuse que el peso de la corona le había hecho recapacitar.

Y fue dejando que la gente siguiera elucubrando sobre quién gobernaría Egipto en su ausencia; él se limitó a preparar la siguiente campaña.

19. LAS CAMPAÑAS

Y así comenzó el verdadero reinado de Tutmosis III. Durante diecisiete años consecutivos salíamos todos los veranos hacia los territorios de Canaan. Un gran ejército nos acompañaba y los soldados acudían contentos porque su faraón los llevaba a la conquista y volvían más ricos a sus casas.

Al principio, nuestros enemigos se mostraban hostiles y asistíamos a duras batallas, pero nuestro prestigio fue en aumento, y eso provocaba que hubiera ciudades cuyas puertas se abrían ante nosotros sin presentar oposición alguna. Las gestas del ejército de Tutmosis III están escritas en los muros del Gran Templo de Amón, en Tebas, y allí quedarán para la eternidad, para el conocimiento de las generaciones venideras, custodiadas por los dioses.

No siempre las victorias fueron fruto de grandes enfrentamientos. De hecho, y por citar un ejemplo, en la conquista de Jaffa y ante el peligro de volver a tener que proceder a un largo sitio de la ciudad, como el acaecido en Megido, nuestro ejército fingió retirarse dejando a las puertas de sus murallas varios carros con avituallamiento.

Sabíamos que los ciudadanos los necesitarían dado que llevábamos un tiempo asediándolos. En el interior de los carros, ocultos entre los cestos de paja que contenían trigo, carne seca y otras vituallas, había cuarenta valientes soldados egipcios.

El enemigo se apropió de los carros y los llevó a la ciudad. Los soldados solo tuvieron que esperar el momento oportuno para franquear las puertas de sus murallas, dejando el paso abierto a nuestro ejército que pudo entrar y conquistar la ciudad con muy pocas bajas.

Como resultado de todas esas campañas, Tutmosis III extendió las fronteras de Egipto hasta «el río cuyas aguas fluyen al revés», el Éufrates, y colocó una estela conmemorativa en sus orillas que servía también para advertir a sus potenciales enemigos de que entraban en territorio egipcio.

Entre campaña y campaña por nuestras fronteras del norte, mi señor tampoco olvidó el sur de Egipto, y así nuestras fronteras por ese lado se establecieron en Napata, junto a la cuarta catarata.

Después de diecisiete años de continuas luchas por el mantenimiento y la extensión de nuestras fronteras, dio mi señor por asentado su territorio, estableciendo el imperio más grande jamás soñado en nuestro universo.

Además de nuestras ganancias en las diferentes batallas, el cobro de las prebendas que recibíamos de nuestros territorios conquistados hizo que nuestras arcas se llenaran; y por si eso fuera poco, los señores de más allá de nuestras fronteras nos halagaban con ricos presentes ante el temor que la fama de nuestros ejércitos les causaba. Así fue como Egipto no solo fue más grande y poderoso, sino también más próspero.

Recordaba entonces, mi señor, las discusiones que mantuvo con la «innombrable» y cómo ella aducía que las guerras sangran a los países y los dejan sumidos en la pobreza, por lo que no valía la pena guerrear por unos pocos tributos más cuando el mantenimiento del ejército resultaba tan caro.

Bajo el reinado de mi señor, Tutmosis III, Egipto dispuso de un gran ejército, luchó, conquistó y ganó, consiguiendo llenar las arcas del Estado y proporcionando a Egipto unas rentas jamás soñadas.

20. EL FINAL

Fue después de la última campaña de mi señor, tras recibir los agasajos de rigor, cuando me enteré de que, en mi ausencia, Estrella había fallecido. No esperaba encontrar un nuevo vástago en mi familia, pero tampoco esperaba encontrar el anuncio de una nueva muerte.

Mientras yo recorría tierras lejanas, Anubis había venido en su busca. Sin estar yo presente, se realizaron las ceremonias de costumbre, y ella yacía ya embalsamada, acompañada de los ritos, amuletos de rigor y enseres que una mujer hubiese podido desear dada mi alto estatus en la corte.

Solo puede presentarle mis respetos y ofrendas en la pequeña capilla situada a la entrada de su tumba. Lloré su muerte y recordé su vida, su dedicación, su determinación, su amor.

Si alguna vez había llegado a pensar que, al terminar su labor de conquista, mi señor pensaría en descansar, en Tebas, me equivoqué. Es cierto que ya no era necesario conquistar más tierras, pero el imperio era muy grande y mi señor decidió que su presencia en él se notase, por lo que pasábamos la mitad del año en Tebas y la otra mitad, en los palacios del territorio recientemente conquistado. Me atrevo a pensar también que era una forma de huir de las intrigas palaciegas ya que solo nos acompañaba una pequeña parte de la corte.

Por otra parte, ya no éramos jóvenes y empezábamos a pensar más en las generaciones venideras que en nosotros mismos. Mi señor, finalmente, designó como sucesor a su hijo Amenofis, hijo de Hatshepsut Meritra, hija de Huy, alta dama de la corte que probablemente puso el nombre de la «innombrable» a su hija como una forma de rendirle pleitesía. Por supuesto, su hija, cuando se unió a mi señor, dejó de utilizar el nombre de Hatshepsut para quedarse solo con el de Meritra.

Esta mujer, Meritra, siempre albergó ciertos resentimientos hacia mi señor por no haberle concedido ningún título de poder, pero todos sabíamos lo que le había pasado a mi señor con su madrastra, y así se determinó que fuese con ella. Primera dama en su harén, primera dama en la corte, pero nunca pudo ejercer el mando en la corte, ni siquiera durante las ausencias de mi señor. Él siempre designó a un alto funcionario para ejercer esta función, dejando a sus esposas ociosas en palacio.

Probablemente, nunca se lo perdonó. Probablemente, sufrió por ello y se sintió humillada. Procedía de alta cuna —también Satiah, otra de sus esposas, lo era—, estaba preparada para ejercer esas funciones, le dio un heredero, pero mi señor nunca quiso ver a una mujer en el trono. De hecho, mandó borrar el rostro de Hatshepsut de muchas de sus inscripciones en los templos. No quería que existiese la más mínima posibilidad de que esos hechos se volvieran a repetir.

No me hizo partícipe, mi señor, de sus problemas conyugales, pero es de suponer que no los tuvo porque no dio opción a ello, y tampoco le preocupaban demasiado. Siempre sintió cierto recelo hacia las mujeres. Yo creo que Estrella fue la excepción, aunque probablemente ella no lo supo nunca.

Y así vivo mi vida ahora. La mitad en nuestras tierras del norte y la otra mitad en Tebas, mi adorada Tebas. No me importa. Estoy al lado de mi señor y allá donde él esté, ese es mi sitio.

Generaciones venideras recordarán a mi señor por toda la eternidad y mi nombre, por gracia de mi señor, también será recordado, pues ha quedado inscrito en los muros del Gran Templo de Amón en Tebas. Gracias sean dadas a mi señor.

SEGUNDA PARTE

LOS LIBROS

EL LIBRO DE SARA

¿Es Sara mi nombre? Quizá pudiera decirse que sí, pero no ha sido el único nombre que he tenido.

No nací esclava, o eso creo, pero fui capturada siendo muy pequeña, con uno o dos años, apenas empezaba a andar. Me arrancaron de los brazos de mi madre. No puedo recordar nada de aquel día.

Supongo que sería uno de esos ataques entre tribus por un «quítame allá esas pajas» o simplemente por necesidad. Las luchas entre clanes o grupos del desierto son muy normales. Lo único que sé es lo que fue de mí después de aquel día. Lo que sucedió con mis padres, a los que no puedo recordar, no lo sé. Ni siquiera sé qué lengua hablaban, ni a qué raza pertenecían.

Así que no nací esclava pero casi. A lo largo de mi vida cambié de amo en varias ocasiones y cada uno de mis amos me puso el nombre que quiso, y con ese nombre me quedaba hasta que el siguiente amo decidía cambiarlo. No importaba.

Siendo entonces muy pequeña pasé a pertenecer a una familia de pastores, mercaderes o perdonavidas del desierto.

Tampoco ellos poseen un nombre claro. No sé por qué me acogieron. A esa edad no les servía para nada. Pero pronto empecé a ayudar en las labores de la casa y a pastorear las cabras. Al principio, no iba sola a pastorear, simplemente acompañaba a alguno de los mozos, pero se trataba de que fuera aprendiendo.

Uno de mis maestros en este trabajo era un solterón de casi veinte años. Entre los pueblos pastores del desierto, a veces resulta difícil encontrar mujer. Me trataba con cariño, me contaba cuentos, me abrazaba y acunaba sentada sobre sus rodillas... Le gustaba mi pelo. Me acariciaba y me decía cosas bonitas. Entonces, yo no veía mal en ello, pero sí es verdad que sus manos tocaban todo mi cuerpo sin dejar ningún trozo de mi piel libre de sus toqueteos. Yo me sentía bien con él y le dejaba hacer; pasábamos días enteros juntos y solos.

Pronto me pidió que yo también lo acariciara y fue enseñándome partes de su cuerpo que normalmente están ocultas. Así fue como vi por primera vez el pene de un hombre. Erecto y cálido, me pidió que lo acariciara y yo aprendí a darle placer con mis manos. No era algo que me atrajera, yo tendría unos cinco años, pero tampoco me disgustaba y él me lo agradecía con besos y abrazos que me hacían sentir bien. Era nuestro secreto, me decía, y yo guardaba el secreto.

Un día de esos en que me tenía desnuda junto a él, y me acariciaba mientras yo manejaba su pene, me atrajo hacia sí y me sentó sobre sus rodillas. Yo sentí su miembro duro entre mis piernas y, estando así, me penetró. El dolor fue inmenso. Yo grité, pataleé, me quería alejar, pero él era un hombre corpulento y yo una niña pequeña...; y mis gritos se perdieron en la distancia.

Sangraba, sangraba sin parar. Me sentía dolorida, muy dolorida, tanto que al principio ni me importaba la sangre de mi cuerpo. Luego empecé a asustarme por esa sangre que me empapaba entera y manchaba sus ropas. Él también se asustó. Me tomó en brazos y me llevó corriendo al campamento.

Las mujeres me atendieron y sé que estuve enferma. No recuerdo cuánto tiempo; era muy niña. También sé que me apartaron de él. Yo, entender, no entendía nada, pero le cogí miedo.

Oí algunas conversaciones entre las mujeres. Al hombre que me desvirgó lo castigaron, por lo visto. No por lo que me había hecho en sí, sino «por estropear una mercancía». Al parecer, el jefe del clan tenía pensado venderme cuando llegara a cierta edad, pero como muchacha virgen, y ese plus me lo acababan de quitar. Claro que, decían ellas, qué más daba si embarazada no me iba a quedar y podía venderme como virgen en un par de años; ya completamente recuperada y siendo aún una niña, podía pasar perfectamente por virgen.

Así me di cuenta de lo que realmente significaba yo para esa gente. Casi deseé volver a pastorear cabras con mi violador y que me diera cariño como fuera. Pero no volvieron a dejarme sola con él, y él no se acercaba a mí aunque estuviéramos con más gente.

Más o menos dos años más tarde procedieron a venderme. No me llevaron a un mercado de esclavos, sino que recibimos la visita de un hombre que parecía importante por su vestimenta y que me examinó antes de proceder al regateo. Debieron llegar a un acuerdo porque me llevó con él.

Así fue como entré por primera vez en una casa; hasta entonces, solo había vivido en tiendas. Mi casa era el desierto y estaba una temporada en un sitio, otra en otro. Sin embargo, esta casa era fija, no se podía mover y tenía cosas que yo no había visto nunca. El baño, por ejemplo. Una habitación con una tina grande en la que se echaba agua caliente y te metías allí y te limpiabas.

Utilizaban cosas que yo tampoco había visto nunca: perfumes, aceites para el cuerpo, tintes para los ojos, pebeteros perfumados, cuando yo lo más que había visto era una lámpara de grasa de camello. Para mí, todo era lujo.

La casa contaba con varios pabellones y a mí me enviaron al pabellón de las mujeres. Allí, me bañaron, me perfumaron, me peinaron y me vistieron con lo que a mí me parecieron ropas lujosas.

Pensé que allí estaba mi destino. Pronto descubriría que todas esas mujeres estaban allí para dar placer a un solo señor, el cual disfrutaba de ellas a su antojo. Tan pronto llamaba, o hacía llamar, a una de ellas, como decidía que fueran dos las que le acompañaran una noche, o bien se presentaba en nuestros aposentos y pedía que todas, en grupo, lo entretuvieran con cantos y danzas.

Yo era una niña aún, pero no se me ocultaba nada de lo que sucedía entre el amo y sus mujeres. De hecho, supongo que debía saberlo puesto que yo estaba destinada a cumplir la misma labor.

Por eso me enseñaban las danzas que le gustaban a nuestro amo y pronto se me permitió danzar con las demás, cuando él quería esa clase de divertimento. Cantar, cantaba con ellas también, pero el conocimiento del uso de los instrumentos de música era más complicado y llevaba su tiempo.

Asimismo me enseñaron a leer y a escribir. Al amo le gustaba que sus concubinas le escribieran notas picantes de vez en cuando, así como que recitaran poesías que ellas antes debían aprender.

Sin embargo, había algo que me preocupaba. Yo sabía que el amo disfrutaba de ellas, y sabía cómo. Lo comentaban entre ellas como si «la cosa» no solo no doliera, sino que además les daba placer, pero mis recuerdos eran otros. De momento, no comenté ni pregunté nada. Era mi secreto. Pero estaba preocupada, y asustada.

El tiempo, cuando eres una niña, pasa lentamente, o eso parece. Pero los años pasaron. Tendría unos diez años. Aún no era mujer, pero mi amo pensó que ya estaba preparada. La verdad es que me había convertido en una muchacha muy guapa o, al menos, eso era lo que decían todos.

Fue una de aquellas mujeres la que me lo dijo. Me tomó aparte, me bañó y perfumó. Me puso hermosos vestidos y me dijo que esa noche iba a ser yo la elegida. Cuando le pregunté qué era lo que debía hacer y empezó a explicármelo, enseguida me di cuenta de qué hablaba. Intenté mantener la calma, pero no pude; me eché a llorar.

—¿Por qué lloras? Es un gran honor ser elegida por el amo. Procura ser complaciente —me dijo. Supongo que entonces iba a explicarme algunas técnicas o algo así para complacer al amo, pero yo entre lágrimas le dije que tenía miedo, mucho miedo, pero entonces continuó—: No debes temer nada. Es algo natural. La primera vez es normal que te duela, pero luego aprenderás a disfrutar.

—¿Solo duele la primera vez? —pregunté yo.

—Sí, luego el cuerpo se acostumbra y llegarás a sentir placer. Ya lo verás —me dijo con cierto cariño.

—Entonces, ya estoy más tranquila. No me dolerá —me apresuré a contestar.

Cuando le dije esto, su expresión cambió por completo. Yo no entendí bien por qué, pero cambió.

—¿A qué te refieres? —me preguntó en un tono que yo entonces seguía sin entender, pero que hoy, cuando reflexiono sobre ello, comprendo perfectamente. Era un tono mucho más seco y alarmante.

Entonces, le conté lo que me había pasado en mi infancia. El dolor que sentí. Lo mala que me puse... Todo. Entre lágrimas pero todo.

Ella al principio me abrazó consolándome, pero luego me agarró de los brazos y me separó de su cuerpo. Se me quedó mirando un rato y dijo:

—Pobre niña.

Y se marchó dejándome sola y sin entender nada. Creí que al decir «pobre niña» se había referido a lo que me había pasado, que le daba pena que hubiera sido violada a los cinco años. Pero no, se refería a lo que estaba por venir. Nunca la volví a ver. Ni a ella ni al resto de las mujeres con las que había vivido esos años, ni esa casa que me parecía tan maravillosa. Vinieron dos hombres a buscarme.

—Te vienes con nosotros. —Eso fue lo único que me dijeron. Y yo fui.

Me sacaron de la ciudad, esa que yo no había visto, y me llevaron a una tienda fuera de la ciudad. Hablaron con un hombre que allí estaba. Regatearon sin importarles mi presencia y llegaron a un acuerdo. Me dejaron allí, con él.

Él me puso el nombre de Sara, el que conservo gracias a que ningún otro amo ha querido cambiarlo. Es un nombre hebreo, creo. Yo ni siquiera sé a qué raza pertenezco.

Con él estuve unos cuantos años. Íbamos de pueblo en pueblo, de ciudad en ciudad. Él tocaba varios instrumentos de música, y yo cantaba y bailaba en las ferias, en las fiestas. Así ganábamos para nuestro sustento.

Con él aprendí los secretos del sexo. Me enseñó a dar placer y también a hacer el acto más corto o más largo si eso era lo que interesaba. A los quince años, ya sabía todo lo que había que saber sobre los hombres: cómo seducirlos, cómo hacerles perder la cabeza y sacarles todo su dinero, cómo abreviar si la cosa no iba a durar más que una noche… A veces, yo abreviaba porque el hombre no me gustaba, pero mi amo se enfadaba. Había que sacarles lo que tenían y si para eso había que sudar, se sudaba. Eso me decía.

En esas ocasiones usaba el palo. Sabía dónde y cómo pegar sin dejar huella. Yo era su mejor inversión. Eso decía él. Y solía añadir que también era su peor inversión, porque era la única.

En nuestras correrías llegamos a Egipto. También allí de fiesta en fiesta. En Egipto, hay muchas fiestas dedicadas a diferentes dioses. Tienen tantos… Fuimos recorriendo ciudades, pueblos, villorrios y adentrándonos en Egipto, Nilo arriba. Y llegamos a Tebas, su capital.

Entre tragadores de fuego y encantadores de serpientes, yo cantaba y bailaba, y mi amo ponía la música. Si algún hombre pedía mis servicios más íntimos, se podía llegar a un arreglo. A veces sí, a veces no. Todo dependía de mi amo.

Un día se acercó un hombre que habló con mi amo mientras yo bailaba. En principio, no supe de qué hablaban, pero, por sus miradas, supe que era sobre mí. Supuse que era otro cliente que buscaba mis servicios, aunque esa vez no fue así. Vi cómo cambiaban unas bolsas de manos. Entonces lo sospeché. No es que fuera feliz con mi amo, pero al menos sabía a qué atenerme con él. Con este nuevo, no podía saber qué me esperaba. Mi amo me hizo una seña, me acerqué y simplemente me dijo:

—Es tu nuevo amo. Ve con él. —Iba a coger mis cosas, pero él me lo impidió y me dijo—: Tu ropa no está incluida en el precio.

Y así me fui con mi nuevo amo. Pronto supe cuál era mi labor. Este hombre regentaba un tugurio y allí yo tenía que bailar para sus clientes. Había un músico desdentado que me acompañaba. Eso era todo.

Aunque es cierto que aquí la clientela también podía pedir mis servicios «privados». No eran gente adinerada, pero eran egipcios. Salvo cuando me tocaba algún borracho, la verdad es que al menos olían bien.

Una noche vinieron unos clientes poco habituales. Se trataba de dos hombres: uno era alto y apuesto y el otro, bajito, pero parecía agradable.

Yo me limité a hacer mi actuación, pero mi amo esperaba con atención por si había alguna oferta. Vi que a estos dos los trataba con especial cuidado. Se olía el oro. Supongo que les ofreció mis servicios por un importe mayor de lo habitual. Yo nunca supe cuál era mi precio.

Me hizo señas para que me acercara a su mesa. Lo hice. Sonrieron los dos a mi llegada. Yo hubiese preferido el alto, la verdad, pero fue el bajito el que dijo que quería probar mis servicios.

Disimulé perfectamente mi decepción. Ya estaba acostumbrada. No sé por qué me gustan unos hombres más que otros. En realidad, nunca había sentido placer con ninguno.

Me acosté con él. Como vi que era alguien de cierta importancia, puse todas mis artes en juego. Quería gustarle, quería que se quedara satisfecho esa noche y que deseara volver otra.

Recordé los cantos que me enseñaron en aquella casa. La única casa que había conocido:

Mi cuerpo grácil,
mi piel tersa,
mi carne dura,
mis pechos turgentes,
mis labios jugosos.
Toda yo
soy para mi señor,
para el placer de mi señor.
Que la diosa de la Luna
me ilumine con su sonrisa.
Que el dulzor de la miel
empape mis labios.
Que mi cuerpo se convierta
en fuente de placer para mi señor.
Que me acoja en su cama
y me desee toda esta noche,
y muchas noches más.
Que su deseo de mí
forme parte de su sangre.
Oh, diosa de la Luna,
enséñame el camino
para mantener encendida
la antorcha del deseo en mi señor.

Esta era la oración que allí me enseñaron y que todavía recordaba. Puse todas mis artes en juego para que mis deseos se cumplieran.

Lo conseguí. Volvió. Y volvió varias veces. Yo siempre le ofrecía cosas nuevas. Siempre sabía encender sus deseos, satisfacerlos y dejarle en el cuerpo la promesa de otros placeres mayores.

Así fue durante un tiempo, hasta que un día volví a cambiar de dueño: el bajito me compraba para su harén.

Eso suponía mucha suerte para una chica como yo. No tendría que bailar para extraños, ni acostarme con quien mi dueño considerara oportuno. Además, este hombre era limpio, bebía, pero no tenía mal beber, y parecía educado y rico. Probablemente, su casa fuese cómoda y agradable. El único problema que me planteaba era cómo serían el resto de mujeres de su harén.

No sabía qué pensar, aunque también me preguntaba si no me llevaría con él para prestarme a sus amigos, como alguna vez había oído que se acostumbraba a hacer. Pero lo que no me esperaba es lo que realmente me encontré.

Me metieron en un palanquín cerrado con cortinas, aunque yo podía ver por dónde iba a través de las telas. Así, me vi entrando en palacio, pasando por diferentes puestos de guardia, hasta que me dejaron en el suelo.

Bajé y me encontré en una habitación preciosa, con mi propio jardín, con un pequeño estanque en el que nadaban los peces... Y antes de que pudiera terminar de apreciar todos mis dominios, el bajito con un simple gesto se deshizo de todos los testigos y entonces me enteré de que había seducido al futuro faraón. Se trataba, nada más y nada menos, que de Tutmosis III. Y yo sin enterarme.

Me quedé pasmada. Creo que es la única vez en mi vida que no supe qué decir. Solamente acerté a inclinarme ante él como había visto hacer a sus servidores al despedirse. Me habló largamente sobre que viviría sola, sin compañía alguna, durante un año y que ningún hombre tendría permiso para verme en ningún momento; o algo así creo recordar. Yo no podía seguir sus explicaciones, pero luego tuve mucho mucho tiempo para darle vueltas al asunto; y llegué a comprender.

Me obsequiaron con ropas nuevas. Una sirvienta venía todos los días a traerme la comida, lavar la ropa y atender a mi limpieza personal. Yo me encontraba en el reino de los dioses; tranquila, sin que nadie me molestara, viviendo a mi aire. No echaba de menos el olor a comistrajos y otras cosas peores a las que ya había llegado a acostumbrarme a falta de otra realidad mejor. Me sentía, por fin, libre, sin tener que atender los deseos de ningún hombre. Un año. Un año de libertad.

Con la muchacha que me atendía casi no hablaba, pero poco a poco ambas cogimos confianza. Con ella, me enteré de que habían dispuesto mi encierro durante un año por si más tarde me quedaba embarazada, para poder garantizar que había sido preñada por el faraón.

Constaté así que lo que me había comentado el faraón el primer día era cierto; que podía llegar a ser la madre de un faraón. Aún no me lo podía creer. Todos los días rogaba a los dioses que en mi vientre fructificara la semilla de Tutmosis. Semilla que todavía no se había depositado.

Solo recibí una visita en todo ese tiempo. Tutmosis ni se acercaba, y las visitas me estaban prohibidas; fue Hatshepsut, la faraona, la mujer faraón, la que vino a verme. Vino acompañada de un hombre, y, aunque los hombres tenían terminantemente prohibido pasar a mis habitaciones, supongo que nadie le podía decir al faraón quién puede y quién no puede hacer algo en su casa. Me pareció un hombre con mucha clase, y así me lo confirmó después mi amiga. Por lo visto, era el consejero de Hatshepsut y parecía que mantenía una relación muy estrecha con ella, aunque no como si fuesen amantes. El amante, al parecer, era otro, según me volvió a confirmar mi informadora.

El caso es que vino a verme, habló poco, corrigió algo mis modales y se marchó. Creo que me consideraba algo así como un mono de feria. Yo estaba acostumbrada a que me trataran mucho peor, de modo que no me importó en absoluto su desprecio. Pero recuerdo que pensé que «se iba a enterar cuando yo fuese la madre del futuro faraón». A todo el mundo le llega su hora, y la vida da muchas vueltas. La prueba era yo misma que había pasado de ser una esclava a ser la futura madre del faraón de Egipto.

Pasó pronto el año, o, al menos, a mí se me hizo corto. Y entonces empecé a recibir las visitas de mi señor y dueño. Utilicé todas mis artes no solo para encender sus deseos, sino también para quedarme embarazada. Seguí rogando a todos los dioses de todas las religiones que conocía que su simiente fructificara en mí y, al final, mis súplicas fueron oídas y mi vientre comenzó a hincharse.

Ahora, mis súplicas eran para que mi hijo fuera varón, un heredero para la corona. Acudí a las artes de las mujeres de palacio, que me vaticinaron un hijo varón. Solo quedaba esperar.

Y aquí me hallo, esperando, con mi vientre pesado como una piedra. Ya me falta poco. Al final, seré madre de un faraón y viviré para siempre en palacio.

EL LIBRO DE ESTRELLA

Me crié en Tebas. En palacio. Mi infancia fue tan normal como puede serlo la de cualquier muchacha crecida en palacio sin estatus especial. Recibí unas ligeras nociones de lectura y escritura, y muy pronto me enseñaron a tejer y, después, a bordar. Son labores, sobre todo, de damas de la corte, pero yo trabajaba en un taller y bordaba para esas damas de la corte que no disponían de tiempo para bordados.

Se me daban bien esas labores, y me divertía mucho. Tenía amigas, cantábamos mientras trabajábamos; a veces, alguna se ponía a recitar versos. Recuerdo a una chica que le encantaba hacer pantomimas, remedando los gestos de personas a quienes todas conocíamos y reconocíamos en ella.

Fueron buenos tiempos y conservo la amistad con algunas de ellas, aunque ahora soy yo la que no dispone de tiempo para bordados, estando como estoy criando a mi hijo y atendiendo la casa de mi marido, un hombre importante. Ahora soy yo la dama de la corte. Aunque sigo acercándome, de vez en cuando, por el taller, sobre todo cuando mi esposo está de campaña con el faraón. Entonces dispongo de más ratos ociosos y vuelvo a mis bordados, como en los viejos tiempos.

Conocía a Tjaneni a través de una casamentera. Nunca supe si mis padres intervinieron en este trámite. La historia es un poco confusa. Por lo visto, era el faraón quien buscaba esposa o, mejor dicho, segunda esposa, si es que se puede decir así, ya que en esos momentos no estaba casado, pero su intención era que su primera esposa fuera Nefereru, la hija de Hatshepsut. Si esto ya resulta difícil de entender, todavía es más complicado lo que sigue.

Se buscaba esta especie de segunda esposa para el faraón, pero el faraón decidió que, en lugar de eso, se buscara una esposa para su escriba real, o bien lo que decidió fue que esa esposa que se había buscado para él fuera al final para su escriba. Tampoco esto se ha llegado a aclarar nunca.

En definitiva, que yo fui la persona elegida, y fue entonces cuando me presentaron a Tjaneni. Fue en una habitación de palacio. Nos presentó la casamentera, sin más, y acto seguido nos dejó solos para que habláramos.

Él era un tanto tímido, y me temo que yo también. Creo que nos casamos porque nos habían puesto en esa tesitura y a ambos nos pareció que era el momento adecuado.

Sin embargo, aprendimos a querernos. Y a respetarnos. Tuvimos hijos. Tres hijos traje al mundo. Los dioses no me concedieron más. Solo me sobrevivió el primero. A los otros dos, su padre no llegó a conocerlos. En un matrimonio en el que el marido pasa seis meses al año fuera de casa acompañando al faraón en sus campañas, lo normal es que el embarazo se produzca en un semestre y el parto, en el otro. Así que mi marido venía, engendraba un hijo, y yo traía al niño al mundo cuando él estaba fuera. Mejor. Se ahorraba el dolor de ver morir a un niño tan pequeño.

Yo estaba entonces, y lo estoy ahora, muy orgullosa de mi marido. Escriba real. Acompañando siempre al faraón. Y además, su amigo personal. Se conocen desde niños y siempre han estado juntos. Estoy muy orgullosa.

Pero si no llega a ser por mí... Este hombre tiene poco... arranque. Es un hombre estupendo y es consciente de que ocupa un alto cargo en la corte, pero no sabe aprovechar su cercanía al faraón.

De hecho, cuando nos casamos él era el escriba del faraón... heredero. Una de esas historias de palacio que nos tocó vivir.

Reinaba en aquella época Hatshepsut. Había sido elegida como regente del heredero, pero luego se quedó con la corona.

A mí, estos líos de la corte no me importaban hasta que me casé con Tjaneni. Su futuro dependía del futuro del faraón, así que decidí que debía intervenir si la ocasión se presentaba.

Tutmosis no era un hombre ambicioso, daba por hecho que llegaría a ser faraón; y le encantaban las armas. Hatshepsut le compraba juguetes nuevos: arcos que lanzaban las flechas más lejos y eran más precisos, o ropas para protegerse de las armas enemigas. De vez en cuando, lo mandaba a guerrear en la frontera sur, siempre inestable.

Al mismo tiempo, ella iba tejiendo su red. Los rumores corrían por palacio. Su intención era poner a su hija Nefereru en el trono y dejar a Tutmosis a un lado. Estaba en boca de todos.

Decidí intervenir a la vista de que estos dos hombres, Tutmosis y Tjaneni, que tan importantes eran en mi vida, no hacían nada para impedirlo.

Tutmosis se defendía a su manera. Era un militar, y las armas eran sus compañeras. En una fiesta consiguió introducir cien arqueros en palacio. Se suponía que como una sorpresa para el faraón, pero era su demostración clara de poder.

En represalia y queriendo dejar claro que estaba al tanto del asunto, Hatshepsut hizo matar al portador del sello, o eso se comentaba, pues nadie pudo demostrar que no fue un accidente.

Tutmosis, a su vez, hizo matar al amante de Hatshepsut de forma pública y notoria. Era una declaración de guerra en toda regla.

Ahí fue cuando, a instancias mías, empezamos a utilizar este hecho para crear un ambiente de terror. Ella, una mujer gruesa y ya mayor, que no quería dormir sola, elegía a su compañero de cama entre los hombres de la corte, de la guardia real... Pues bien, hicimos correr la idea de que la vida de sus amantes corría peligro, que era una mujer celosa y que exigía que la satisficieran plenamente. Generamos una situación de miedo a su alrededor; con esta maniobra perdió adeptos, apoyos y credibilidad.

Era una forma de preparar el terreno para que no pudiera continuar con su intención de entronar a Nefereru. Hay que reconocer que Hatshepsut nos ayudó en esta labor inconscientemente. Al morir su amante, hizo matar a una muchacha que Tutmosis había traído a palacio y a la que había dejado embarazada.

Esa decisión, la de acabar con la vida de la muchacha embarazada de un futuro heredero, fue la que acabó con ella. Los sacerdotes también se pusieron de nuestra parte. No cumplía la *maat*.

Tutmosis, que no era un hombre paciente, ante la afirmación del faraón de proclamar a su hija como su heredera, alejándolo a él de esa posibilidad, él que era el auténtico heredero de la corte, sin más, se dirigió a los aposentos de Nefereru y la mató.

Si no hubiéramos preparado el terreno, si no hubiéramos minado los contactos de la reina, si la corte no hubiese estado aterrorizada y la credibilidad del faraón perdida ante todos los estamentos, esto hubiera supuesto la inmediata muerte de Tutmosis.

Pero la corte estaba de nuestro lado. El templo estaba deseando el cambio. Hatshepsut no pudo hacer nada, tan solo llorar la muerte de su hija y esperar la propia. Tutmosis no la atacó personalmente. Al final, murió de muerte natural, poco tiempo después; además, antes de morir ya había abandonado el ejercicio de todos sus poderes en manos de Tutmosis.

Por fin, el futuro de mi marido quedó asegurado y con él, el mío. Yo quería que siguiera ascendiendo en su carrera. Era amigo del faraón desde la infancia, lo cual me hacía suponer que eso le beneficiaría. Pero resultó que ellos dos estaban muy bien juntos y les gustaban sus correrías de batalla en batalla. Así que permaneció como su escriba, escriba real, y acudía con Tutmosis a todas sus conquistas. Con el tiempo me he dado cuenta de que si Tutmosis quería la corona no era para gobernar, sino para extender las fronteras de Egipto. Su pasión era la guerra, la conquista; de hecho, cuando alcanzó por fin el poder se dedicó muy poco al gobierno del reino. Dejó todo en manos de diferentes administradores que *de facto* llevaron las riendas en

Egipto y le suministraban todo lo necesario para su ejército. Eso sí, nunca concedió ningún título de poder a ninguna de sus esposas, nunca dejó que una mujer tuviera acceso a ningún tipo de poder político. Estaba escarmentado con lo que le hizo Hatshepsut y no quería que un hijo suyo tuviera que pasar por lo mismo. Sin embargo, yo gocé de su amistad y de su confianza; supongo que porque yo no era una amenaza para él.

Al final, me tuve que conformar con esa situación, que no era del todo de mi gusto. Lo cierto es que vivíamos bien. Una buena casa, el servicio correspondiente a un escriba real, con algunos privilegios extras concedidos debido a su amistad con el faraón, una alta consideración en la corte… Yo hubiera querido más, pero no me puedo quejar.

Lo malo era que durante muchos años tuve un marido a ratos, por decirlo de alguna manera. Seis meses en casa, seis meses por esos mundos extranjeros. Lo echaba de menos. Me había acostumbrado a su presencia apacible, a escuchar sus relatos de la corte, de su señor, de tantas cosas… Hay quien llegó a preguntarse si no tuve un amante. Las malas lenguas... Nunca pudieron decir nada de mí. Bueno, decir, sí, demostrar, no. Nunca tuve un amante, ¿o sí?

No sé si puede decirse que lo fue. No hubo relación física. Ni siquiera llegué a hablar con él, ni a saber su nombre, pero…

Era un joven que me miraba siempre al pasar. Su cuerpo, esbelto y bien formado, sus músculos, trabajados por su labor en el campo. Era jardinero.

Sus ojos me seguían con una mirada de… ¿deseo? No exactamente. Si me hubiera mirado de esa manera, nunca hubiera significado nada para mí. Había algo más... Dulzura, incluso amor.

Yo mantenía mi mirada baja, procuraba que no me viera mirarlo, pero me aprendí su cuerpo, su cara y sus ojos de memoria. Era hermoso, dulce, y entregado y apasionado. Me enamoré de él. En la distancia, pero me enamoré de él.

Con él comprendí esos versos que siempre recordaba por hermosos, pero que, hasta entonces, nunca antes había entendido:

Era una noche de invierno,
temblaba.
Temblaba el amor en sus ojos,
Una lágrima en los míos.
Y un mirlo cantaba a la Luna,
acurrucadito en su nido.[2]

Hasta supe quién era el mirlo.

Yo, que me casé con un buen hombre, pero que nunca había conocido la pasión, la aventura... Sin probarlo, supe lo que era; supe lo que eran esas noches en que mi cuerpo

2 En estos pocos versos, se hace alusión a la estación del invierno. Se ha puesto así porque estas líneas van dedicadas al lector del siglo xxi, pero los egipcios no dividían el año en las cuatro estaciones que nosotros conocemos. Ellos tenían un calendario muy preciso de doce meses, de treinta días, más cinco días epagómenos y un cuarto de día que se sumaba cada año, lo cual nos da los trescientos sesenta y cinco días actuales, más el día que sumamos nosotros los años bisiestos. Dividían el año en tres estaciones de cuatro meses: Ajer, Peret y Shemu, que se correspondían con el inicio de la inundación del Nilo (el 19 de julio sería más o menos su Año Nuevo), la cosecha después de la retirada de la inundación y, por último, la época de sequía, siega, recolección y trilla. (Nota del autor).

ardía de deseo, recordando su cuerpo, sus miradas, sus movimientos tan suyos y tan atractivos...

No sé si se puede decir que fui infiel, lo dejo para aquellas mentes más agudas que la mía que deseen dilucidarlo.

Y pasó el tiempo y aquí sigo junto a mi entrañable Tjaneni.

La vida pasa sin sobresaltos. Veo a mi hijo crecer, un hombre ya. Mi marido sigue yendo y viniendo, ignorando mis deseos ocultos, y así espero que sea por siempre. Sé que puedo decir que ayudé a poner en el trono al gran Tutmosis III y que formo parte de la historia de Egipto.

Los dioses sean loados.

EPÍLOGO

UNA HISTORIA DE AMOR

Todas las historias se supone que tienen un principio y un final. Y digo «se supone» porque hay historias que no se sabe bien cuándo comienzan y otras que no se sabe bien cuándo acaban. Además, ambas circunstancias no son excluyentes.

Mi historia empezó cuando conocí a la que luego sería la mujer de mi vida. O al menos eso me pareció a mí. A lo largo de estos años nos han pasado muchas cosas. Unas buenas, otras malas, ni más ni menos que como a todos los mortales.

Silvia y yo nos conocemos desde niños. De esa época de cuadrillas, comiendo pipas en un banco cualquiera; era ella más bien feúcha (lo siento, mi amor, pero eso es algo que sabemos tanto tú como yo). Y recuerdo que entonces tuvo sus primeros escarceos amorosos, con un chico lleno de granos, con el cual, pasados los años, perdimos todo contacto.

Entre nosotros también se perdió el contacto. Tiramos cada uno por nuestro lado, salimos con diferentes cuadrillas y nos movimos en diferentes ambientes. Sin embargo, un día (¿o debería decir, más bien, una noche?) coincidimos en el mismo bar de copas. Ella, como el patito feo del cuento, convertida en una hermosa mujer. Después de los saludos habituales, del «qué es de tu vida» y todo eso, nos encontramos charlando hasta horas más bien intempestivas (en aquellos años, eso significaba allá por las tres de la madrugada) y abandonados por nuestros respectivos amigos. Yo, siempre un caballero, la acompañé a su casa, y así empezó una historia que en nuestros días no ha terminado.

Quizá, las cosas hubieran sido diferentes si no hubieran pasado una serie de circunstancias que son prolijas de relatar, pero creo que el día definitivo, ese que marcó un antes y un después, fue aquel en que Silvia y yo, con el coche de su padre, decidimos ir a correr aventuras por esos mundos de Dios.

Me ofreció las llaves y me dijo: «Llévame donde quieras». Ya hacía un tiempo que salíamos y esa era una oferta con unas claras connotaciones que no estaba dispuesto a desaprovechar; de modo que tiré hacia una carretera de esas perdidas entre los montes a la búsqueda de un rincón solitario, apacible y discreto, sin preocuparme ni poco ni mucho por los paisajes que pudiéramos encontrar, ya que nuestro solaz estaba en cualquier cosa menos en las posibles vistas.

Anduvimos unos veinte kilómetros, alternando la conducción con unas miradas llenas de promesas. Por fin localicé un sitio que me pareció perfecto: una discreta entrada a la izquierda que parecía dar a un pequeño claro entre los árboles y que cubría el coche de las miradas ajenas gracias a unos árboles bien crecidos y a unos matorrales bajos. Dirigí el coche hacia allí y vimos que el lugar cumplía nuestras expectativas. Hice las maniobras oportunas y pasamos al asiento de atrás del pequeño utilitario para realizar otro tipo de maniobras, un tanto dificultosas por el tamaño del vehículo, pero nada que nuestros cuerpos veinteañeros no pudieran soportar.

Cumplidos nuestros propósitos y tras un rato de agradable charla y de fumar el cigarrillo del «después de», decidimos que ya era hora de regresar. Metí la marcha atrás, pero resultó que el coche no se movía. Patinaban las ruedas en el barro y no había manera de que avanzase. No tenía mucho margen de maniobra pero intenté el truco de ir hacia delante lo máximo posible (poco más de un metro, pues no había más espacio) para volver hacia atrás con más velocidad. Nada. Salimos del coche y vimos que la rueda delantera izquierda se hundía en el barro casi hasta la altura de su eje.

«¡Ramas!», gritó Silvia, como si eso fuese a convertirse en nuestra salvación. Me explicó que colocándolas en la zona de la rodadura podríamos hacer que la rueda encontrara una superficie sobre la que agarrarse y salir del atolladero. No encontramos gran cosa, la verdad. Era invierno y los árboles estaban más bien pelados, pero lo intentamos. Empezamos a recoger lo que buenamente pudimos, pusimos nuestros hallazgos bajo la rueda de la discordia y volvimos a darle a la marcha atrás. Nada.

Nos estábamos empezando a poner nerviosos. Silvia daba claros signos de querer soltar unas lágrimas. Si esto hubiera pasado hoy, habríamos llamado a algún amigo con el móvil..., pero entonces corrían los años setenta. Esos años en los que se usaban las cabinas telefónicas y en las casas había un solo teléfono colocado en el pasillo. Estábamos en medio de la nada, a veinte kilómetros de la civilización y en una carretera por la que pasaba un coche al año.

Sugerí poner una de las alfombrillas del coche en lugar de las ramas que tan mal resultado nos habían dado, pero, claro, adiós alfombrilla, y era el coche de su padre.

—Le compramos un juego nuevo de alfombrillas —dije yo.

—Claro, y no se va a dar cuenta. No le va a parecer un poco raro que haga yo eso. Y además, igual no lo conseguimos ni por esas. ¿Qué hacemos? —me contestó y me miró con los ojos húmedos ya, confiando en que yo tuviera en mis manos esa solución que a ella se le escapaba.

Lo cierto es que yo tampoco sabía qué hacer cuando, de pronto, llegó hasta nosotros el ruido de un motor. Un motor grande, potente y lento: era un tractor. Salí disparado hacia la carretera y pronto lo vi asomándose por una curva cercana. Me puse a hacer señales como un loco para que parara. Menos mal que paró. Comencé a explicarle nuestra situación a gritos, pero estos eran acallados eficazmente por el ruido del motor hasta que el hombre decidió, por fin, parar el cacharro aquel.

Me estaba dando cuenta de que la situación era un tanto rara y, mientras hablaba, pensaba en cómo iba a explicar yo la presencia de un coche en semejante sitio. Silvia tampoco me ayudaba mucho, estaba al otro lado de la carretera, en la entrada al claro donde teníamos el coche, con la cara congestionada por el rubor y las lágrimas contenidas.

De los tres personajes de esta escena, el único que supo dónde dirigir la mirada fue él. Silvia y yo no sabíamos hacia dónde mirar. Así que si nos temíamos esa pregunta lógica, «¿Para qué habéis metido el coche aquí?», nos libramos de ella, pero ese alivio no fue tal porque él nos observaba a los dos con un recochineo que lo decía todo. Ese recochineo despertó en mí ciertos instintos ancestrales y estuve a punto de soltarle una hostia, pero había dos cosas que me lo impedían: una, que el tío estaba cuadrado y me llevaba la cabeza, algo que yo igual hubiera obviado en un arranque de testosterona, y otra, la más importante, que él tenía el tractor, lo cual ponía mi hombría en entredicho.

Sacó una cuerda de no sé dónde, lo que me llevó a preguntarme si es que siempre se llevan esas cosas en esos vehículos, o bien habíamos contado con un espectador de nuestras maniobras, y no me estoy refiriendo a las maniobras del coche.

Me tragué mi orgullo y nos pusimos manos a la obra porque, claro, yo le ayudé a atar el coche al tractor. Lo mío me costó porque el tío no dejaba de soltar miraditas, acompañadas de una semisonrisa y un recochineo constantes. Por si fuera poco, de repente vi un condón que allí, agachado para tratar de atar la cuerda, quedaba debajo de mis narices y muy cerca de las suyas. Lo malo es que no era un condón, era el condón. Eso sí, no dijo ni una palabra, de modo que me tocó callar y andar.

Como era de esperar, una vez atado el coche al tractor, no hizo falta más que tirar un par de metros hacia atrás y enseguida sacó nuestro vehículo del barro. Soltamos la cuerda y el hombre, no sé si por tener un detalle de atención con nosotros, o porque no quería acabar con la diversión que le estábamos proporcionando, esperó hasta ver nuestro coche en la carretera.

Le agradecí su ayuda. Silvia no había abierto la boca en todo el tiempo, y su cara seguía claramente enrojecida. Quise darle veinte duros por las molestias. Eso para mí era un «capitalazo», pero valía la pena, tanto por habernos salvado del apuro, que falta nos hacía, como por ponerle en su sitio de asalariado. Pero me miró con socarronería y me dijo:

—Tranquilo, con lo que tengo para contar me doy por bien pagado.

Arrancó de nuevo el tractor y se largó. Nunca podré saber si entonces soltó la carcajada que había mantenido contenida en el cuerpo todo el rato, porque con el ruido del motor fue imposible saberlo. Socarrón, sí, pero creo que debería haber cambiado la primera erre por una b. Nos montamos en el coche y volvimos a la urbe bien corridos, en todos los sentidos.

Naturalmente, nos metimos en un túnel de lavado porque el coche estaba embarrado. Mi presupuesto semanal se quedó algo alicaído. Ahora solo quedaba resolver el asunto de nuestra indumentaria. Con todo el jaleo y tanto barro, no nos habíamos dado cuenta de que nuestros zapatos y pantalones estaban para cualquier cosa menos para entrar en casa sin dar explicaciones.

Era sábado, sabía que mis padres habían salido a cenar, pero mi abuela vivía con nosotros, es decir, que la casa no estaba libre (de lo contrario, no hubiésemos ido al monte, teniendo una cama); pero el baño estaba al lado de la puerta de entrada y mi abuela no se movía del salón, donde siempre estaba viendo la tele. Así que le propuse ir a mi casa; allí yo podría cambiarme de ropa mientras ella, Silvia, me esperaba en el baño e intentábamos solucionar como pudiéramos lo de su ropa. Eran algo más de las diez de la noche y yo a esas horas no acostumbraba a regresar a casa, pero todo se podía solucionar, o eso creía yo.

Fuimos, Silvia se metió en el baño y yo pasé raudo a mi habitación. Mi abuela me oyó, claro.

—¡Hombre! Cómo tú tan pronto por aquí. Has vuelto prontito —me dijo desde el salón.

—He venido a cambiarme, que he pasado por unas obras y me he puesto perdido. Me doy una ducha y vuelvo a salir —le grité desde mi habitación.

—Ah, pues ven para que vea qué te ha pasado y qué podemos hacer —me contestó mientras la oí levantarse del sofá.

Fui al salón, con el pantalón quitado, y la tranquilicé como pude, y así conseguí que no se moviera de su puesto de observación.

Dejé los zapatos y el pantalón en mi habitación y volé en calzoncillos hacia el baño, con un cepillo en la mano oculto bajo la toalla de baño. Allí me esperaba Silvia, más calladita que un muerto. Intentamos cepillar su pantalón, pero el barro aún estaba fresco y no se podía hacer nada.

—Quítate el pantalón y le pasamos el secador —le susurré. Y ella me miró con una cara de «te crees tú que me voy a poner en bragas delante de ti»—. Oye, que no son momentos para pudores. Además, si ya te he visto desnuda, mujer. Mira cómo estoy yo. —Se puso roja como un tomate, pero accedió.

—Espera, voy a ducharme para que mi abuela oiga el agua, y luego pasamos el secador.

Dicho y hecho, me quité los calzoncillos y me metí bajo el agua no sin cierta sensación morbosa de exhibicionismo. Me sequé rápidamente, me puse de nuevo el calzoncillo y empezamos a pasar el secador por el pantalón de Silvia. Bueno, empecé yo a realizar esta labor, mientras ella se afanaba en limpiar los zapatos. Menos mal que los útiles de limpieza del calzado los guardábamos en el baño.

Una vez seco el barro, pasamos el cepillo que yo había cogido de mi habitación. Todas estas maniobras dieron el resultado buscado y Silvia pudo, por fin, estar más o menos decente. La verdad es que la situación era «peligrosa», pero eso no impidió que sintiera de nuevo encenderse la llama del deseo, no lo voy a negar, pero estaba claro que no era el momento, así que tuve que ponerme a pensar en la declaración de la renta. Dejé a Silvia en el baño y fui a vestirme.

—¿Vas a cenar ahora? —me preguntó de pronto mi abuela. A veces hacía eso: salía por la tarde, iba a cenar cualquier cosa a casa y volvía a salir.

—No, no, me voy que me están esperando. —No sospechaba ella cuán cerca me estaban esperando…

—Hasta luego, abuela. —Me despedí sin más. Salvé a Silvia de su encierro y salimos disparados. Fuimos a comer una hamburguesa y, luego, a un sitio tranquilo de esos en los que se puede hablar, con musiquita baja y poca luz.

Por fin estábamos tranquilos. Nuestra aventura había terminado sin mayores consecuencias. Fue entonces cuando solté la frase que cambiaría nuestras vidas, y la pronuncié entre carcajadas, en parte por los nervios, y también porque la situación, a toro pasado, había sido de lo más jocosa.

—¿Crees que alguna vez contaremos esto a nuestros hijos?

Silvia se echó a reír también, pero, de repente, se puso seria y dijo sorprendida:

—¿Has dicho a nuestros hijos?, ¿tuyos y míos?, ¿de los dos?

Yo me quedé mirándola con la boca abierta, o eso me pareció. No contesté. Solo la miré un rato que se me hizo eterno. Yo la miraba a ella, ella me miraba a mí... Y de repente nos fundimos en un beso, un largo beso, un beso que no se acababa nunca. Y esa fue mi, o nuestra, declaración de amor.

LA LUNA DE MIEL

Puedo decir, sin temor a equivocarme, que fue de resultas de esa aventura cuando cometimos ese error imperdonable que la mayoría cometemos algún día y que luego nos obliga a pasarnos el resto de nuestras vidas intentando hacérnoslo perdonar: nos casamos.

Y llegó ese día en que te ves rodeado de un montón de gente, a unos los conoces, a otros, no, pero todos beben como cosacos por la cosa de que es gratis, aunque en realidad son las copas más caras que han tomado en su vida. Pasamos la noche rodeados de borrachos, eso sí, muy simpáticos, y a la mañana siguiente tomamos el avión para Madrid. Estuvimos tres días en Madrid a la espera de tomar nuestro vuelo de Egypt Air que nos llevaría a El Cairo donde empezaría nuestro viaje de bodas y donde haríamos, sin querer, el descubrimiento que ha dado pie a este libro y que fue totalmente inesperado.

Llegamos a El Cairo, allí nos reunimos con el resto de españoles que nos acompañarían en el viaje: un matrimonio ya entrado en años y otra pareja con una niña de unos seis años; la niña, un encanto de criatura que sus padres podrían haber decidido dejar en casa, o bien podrían haber mandado a la niña sola porque no sé quién era peor, si los padres o la niña. El caso es que a la mañana siguiente volamos a Luxor y, a primera hora de la tarde, con un calor abrasador, nos dirigimos a Karnak, el templo más grande de Egipto; una auténtica maravilla que habríamos disfrutado mucho más con aire acondicionado. Después, al templo de Luxor, y, luego, desde allí tomamos un barco para recorrer el Nilo unos pocos kilómetros. Menos mal que el calor remitió y pudimos ver el resto de joyas de Egipto sin agobios.

Lo que más me gustó fue Abu Simbel, el templo de Ramsés y el de su esposa, que ahora no recuerdo cómo se llamaba (supongo que con que lo recordara su marido bastaba). Fue un viaje en autobús: salimos del barco, a eso de las tres de la mañana, para llegar a destino sobre las siete. Queríamos ver los dos templos. Entramos primero en el templo grande, el de Ramsés, sin ningún problema, pero cuando salimos vimos que había una cola enorme para entrar en el segundo y, literalmente, no nos quedaba tiempo. De pronto, sin saber muy qué hacía y si mi treta daría resultado, tomé un folleto cualquiera, lo enrollé y enarbolándolo en alto, como si fuera un guía de grupo, nos metimos entre los primeros puestos de la cola. Todos: nosotros dos y nuestros compañeros de viaje. Salió bien el truco; lo siento por los demás, pero es que no teníamos previsto hacer otro viaje hasta allí solo para ver ese segundo templo.

Bueno, vimos templos, muchos templos, tumbas, muchas tumbas, y volvimos a Luxor para tomar el avión hacia El Cairo. Allí visitamos las pirámides y nos quedamos tres días en la ciudad; una ciudad de locos, dicho sea de paso. Hicimos las excursiones programadas y alguna más. Una de ellas consistió en un viaje en falúa por el Nilo, visita al casco viejo de la ciudad y cena. Fuimos los españoles de mi grupo y algunos más que estaban hospedados en otros hoteles.

Era una excursión nocturna. Nos montamos en la falúa; una pequeña barca a motor nos sacó del embarcadero y nos dejó en medio del Nilo, allí, en El Cairo. Pero resultó que Eolo, o el dios del viento que corresponda en Egipto, no se dignó a trabajar esa noche, así que nos encontrábamos allí parados, mirando todos hacia esa vela que no se hinchaba, y un poco acojonados, la verdad, porque nuestra nave era incapaz de moverse y a nuestro lado pasaban embarcaciones de un tamaño considerable; hacían sonar sus sirenas para que nos apartáramos, pero lo único que podíamos hacer era esperar a que se levantara un poco de viento.

El egipcio que estaba al timón, en el cual estaban depositadas nuestras vidas, era un señor entrado en años, enjuto de cuerpo y de cara y digamos que si no feo, más bien desagradable de ver. El hombre en cuestión, supongo que con la mejor de las intenciones e indudablemente con un escaso sentido del ridículo, se puso a cantar y a bailar entusiasmado una melopea de su tierra, con lo que, en vez de animarnos, consiguió todo lo contrario, dejar nuestros ánimos por los suelos. Por fin, hizo su aparición una de esas barcas pequeñitas a motor que nos llevó sanos y salvos de nuevo hasta el embarcadero. A todo esto, el señor de la parejita mayor que nos acompañaba no hacía más que despotricar sobre la excursión «de mierda» en que nos habíamos metido; y la niña de la otra pareja, con muy buen criterio, tuvo a bien dormirse, lo que provocó las iras de su madre que no hacía más que decir que debían haberla advertido de que se iba a hacer tan tarde, que quería regresar al hotel. En cuanto al padre, se veía que no tenía nada que decir, o simplemente callaba; creo que no le oí decir más de dos palabras seguidas en todo el tiempo que estuvo en nuestra compañía. Los demás, nosotros y los que se habían agregado a la excursión procedentes de otros hoteles, estábamos aguantando el chaparrón con cara de circunstancias. Digamos que, al llegar al embarcadero, éramos cualquier cosa menos un alegre grupo de turistas.

A pesar de todo, nos fuimos a cenar; mientras estábamos en el restaurante, la madre de la niña dormida, que había conseguido que la llevaran al hotel porque su hija estaba muy cansada, apareció con la niña despierta y más contenta que unas castañuelas. Nadie se atrevió a preguntarle cómo había sucedido tal cosa. El padre seguía en su postura de acompañante silencioso.

En estos dimes y diretes, se nos acabó la estancia en El Cairo y nuestros acompañantes tomaron el avión de vuelta a España, mientras nosotros embarcábamos en otro con destino a Hurgada, una importante ciudad turística de Egipto, conocida por sus actividades de deportes acuáticos. Somos aficionados al buceo y el mar Rojo ofrece muchas posibilidades en este sentido.

Hicimos la típica excursión en barca con fondo de cristal, pero también queríamos bucear.

Después de un día de buceo en grupo, con toda la parafernalia que la ocasión requería, hablé con el guía para ver si era posible que Silvia y yo hiciéramos alguna inmersión solos. Él me miró con esa sonrisa comprensiva que se dedica a las parejas de recién casados y me sugirió alquilar un coche, con el equipo de buceo incluido, seguir por una carretera de la costa, hacia el sur, y aparcar en alguna cala al abrigo de miradas curiosas. Según él, no hacía falta barca porque a pocos metros de la costa podíamos ver cosas interesantes; por la mirada que seguía lanzándome, me quedó claro que pensaba que íbamos a hacer cualquier cosa menos bucear.

Al día siguiente nos lanzamos a la aventura, los dos solos. A pocos kilómetros encontramos una cala que nos pareció idónea; sacamos los trastos de buceo y los trasladamos a la playa. Nos despojamos de nuestras ropas para ponernos el equipo de buceo, y no niego que aprovechamos la circunstancia para darle la razón al guía, pero después sí nos pusimos el equipo y nos zambullimos en el agua.

Era verdad, a pocos metros de la orilla nos encontramos rodeados de corales y peces de hermosos colores, y lo mejor de todo era que estábamos los dos solos, lo cual era un descanso. Unos pocos metros más allá había un fondo arenoso en el que descubrí lo que me pareció un lenguado, como siempre, camuflado, semienterrado en la arena. Decidí hacerle un poco la puñeta y lo rocé con el dedo. Salió disparado para enterrarse de nuevo un poco más adelante. Lo perseguí y volví a hacerle cosquillas. Esta vez, la nube de arena que se levantó me impidió ubicarle bien, pero intenté encontrarle y, sorpresa, al escarbar un poco en la arena, me encontré tocando una superficie dura suave y ligeramente curvada. Me picó la curiosidad y empecé a retirar la arena con cuidado.

Silvia estaba a mi lado y le pedí por señas que me ayudara. Entre los dos fuimos retirando la arena y pronto el objeto nos fue descubriendo su forma: era un ánfora.

Poco a poco, fuimos liberando nuestro hallazgo hasta que pudimos desenterrarlo por completo y… nos lo llevamos.

Trasladamos el ánfora hasta la orilla, que estaba a unos cincuenta metros de donde la habíamos encontrado, nos quitamos los respiradores y nos quedamos un rato mirando el ánfora, que estaba ahí, apoyada en la arena.

—¿Qué hacemos ahora? —preguntó Silvia.

—No sé. Me gustaría poder llevármela —le contesté sin plantearme nada más.

—Será imposible. Vete a saber de qué año es. Estas cosas son para los museos, nos podríamos meter en un lío. Además, ¿dónde vamos a poner este trasto?

—Bueno, de momento vamos a llevarla al hotel. Luego, ya veremos.

—Habrá que comunicar el hallazgo a las autoridades, digo yo. Esto es un lío, Rovert.

Gruñó un buen rato, pero al final me hizo caso. Pusimos el ánfora en el coche con los demás trastos, tapada con los trajes de buceo y las toallas.

Nos dirigimos directamente al hotel, con la clara intención de subirla a la habitación discretamente. Como teníamos el coche de alquiler, fuimos al aparcamiento y, desde allí, directos al ascensor. Aunque la llevábamos tapada, hubiera resultado algo raro; la idea del aparcamiento nos salvó.

Silvia continuaba pensando que debíamos entregarla a las autoridades; yo quería llevármela, pero no sabía cómo. Al final, ninguno de los dos acabábamos de tomar una decisión en firme.

Al atardecer fuimos a dar una vuelta por la ciudad. No hay ciudad en Egipto que no tenga su mercado y, si es turística, su mercado para los turistas. Y allá que fuimos.

Entre papiros, pipas de agua, recuerdos varios… encontramos una tienda de artesanía en la que vendían…

ánforas. Nuestra ánfora estaba allí reproducida en todos los tamaños y colores. Con grabados, sin grabados, como la quisiéramos, pero la mía era un original. Esto eran reproducciones.

Arrastré a Silvia hasta el interior de la tienda para verlas bien de cerca. La mayoría eran reproducciones a escala, más pequeñas, pero también tenían algunas a tamaño natural.

—¿Qué quieres? ¿Comprar otra? ¿Ver cuánto cuesta? La que tenemos en el hotel no podemos llevárnosla —dijo Silvia convencida.

—Se me acaba de ocurrir una idea —le contesté.

—No sé. No me fío yo de tus ideas —dijo muy convencida.

Escogí una sin ningún dibujo, una reproducción exacta de la que ya teníamos, y pregunté el precio. Ahí empezó el regateo. Siempre hay que regatear. Y luego surgió el problema de cómo llevárnosla a España. Yo no había caído en eso, pero, claro, en el avión no podíamos llevarla. El comerciante se ofreció a enviárnosla a nuestro domicilio con un recargo razonable. Es evidente que, en realidad, yo no quería el ánfora que estaba viendo en ese momento, sino la que habíamos rescatado nosotros de las aguas.

Establecí un precio y acordamos que nos la mandara a casa, pero primero quería examinarla a mi gusto en el hotel. Quedamos en que iría a por ella para disfrutarla en el hotel durante la semana que aún nos quedaba de estancia en el país y, luego, se la devolvería para que se ocupase de los trámites necesarios para enviarla a España.

Le insistí en que quería ver cómo iría embalada, así que le pedí que me la prepararan como si fuera a realizar el viaje, y yo me comprometí a devolvérsela embalada para su envío definitivo.

Silvia, que estaba adivinando por dónde iban los tiros, no hacía más que darme pellizcos y pataditas con disimulo; no le hice caso.

Al salir de la tienda, tuve que oír una larga letanía de «estás loco», «nos estás metiendo en un buen lío», etcétera. Pero yo me mantuve en mis trece.

Así que, una vez que el ánfora que había comprado estuvo en el hotel, procedí a desembalarla y embalar la otra en su lugar. No eran iguales, la nuestra tenía una ligera pátina grisácea, pero el tamaño y la forma eran prácticamente idénticos.

Puse a la nuestra las etiquetas que llevaba la otra escritas en inglés y, para rematar la faena, cogí una etiqueta adhesiva de una de las camisetas que habíamos comprado de recuerdo y se la pegué al ánfora. «Made in Egypt», ponía en letras negras sobre fondo dorado. Me pareció toda una genialidad.

Silvia insistía en que nos íbamos a meter en un lío, pero yo estaba completamente decidido a tener ese recuerdo en mi casa.

Con el último «no quiero saber nada» de ella, culminé mi labor, empaquetando convenientemente nuestro hallazgo y devolviéndolo a la tienda donde se ocuparían de realizar el envío.

«Tardaría un mes en llegar», me dijeron. Silvia decía que no estaría tranquila hasta ver en qué terminaría todo aquello. Pero no tuvo tiempo de estar nerviosa porque más o menos al mes de volver a nuestro hogar, dulce hogar, nos enteramos de que íbamos a aumentar el censo. Y nuestra ánfora llegó a casa sin ningún problema.

Esta ánfora, que es la razón de que se escriba esta historia, durmió el sueño de los justos durante largos años, colocada en la entrada de nuestra casa sin nada digno de mención que decir y sin que sospecháramos que algún día nos daría una gran sorpresa.

Tuvimos dos vástagos. Dos diablillos a los que aplico este diminutivo por el tamaño, pero solo por el tamaño. Luego fueron creciendo, llegaron los problemas de la pubertad, después los de la juventud... Se casaron con quienes quisieron, cuando les dio la gana y como quisieron. Y luego, a su vez, tuvieron hijos, que nos cargaron en cuenta como si de un débito nuestro se tratara.

Y ERA UN HUEVO KINDER...

Sí, los nietos resultaron ser dignos hijos de sus padres, heredaron su cualidad de diablillos, pero de segunda generación.

Tanto es así que lo que sus padres no consiguieron en toda su vida, ellos lo hicieron en un santiamén: el mayor de nuestros nietos, con solo tres añitos, rompió el ánfora. Una cosa frágil que había sobrevivido a nuestros hijos, que habíamos traído desde el fondo de los mares hasta nuestro humilde hogar, rota por un niño que apenas levantaba cuatro palmos de la tierra.

Cuando oí el ruido me quedé pálido, no me cupo ninguna duda de qué era lo que había pasado.

Fui al recibidor y allí estaba, mi tesoro, con un agujero considerable y unos cuantos pedazos esparcidos por el suelo.

Gracias a que mi mirada se fijó en algo que asomaba desde el interior del ánfora, pude contenerme, de lo contrario, no sé lo que hubiera hecho, si ponerle el culo como un tomate o mandarlo al cuarto de las ratas. El ánfora contenía numerosos rollos de papiro.

No hice caso, ni al niño ni a Silvia que estaba riñéndole, al mismo tiempo que comprobaba si se había dañado con alguno de los trozos que habían quedado esparcidos.

—Llévate a los niños de aquí —le dije, con una voz no demasiado alta, pero con la suficiente autoridad como para acallar los gritos de la abuela y los lloros del niño.

Recogí los pedazos y los puse junto al ánfora mientras examinaba su contenido sin atreverme a tocarlo. Parecían papiros, y había escritura en ellos. Nuestro hallazgo arqueológico permanecía quieto, sujeto por el trípode que trajimos de Egipto, y con un agujero en su panza. Fui a buscar una linterna para examinar su contenido.

Estaba totalmente lleno, temí por que se salieran los rollos que contenía, pero quería ver algo más. Con la linterna pude ver que esos rollos estaban escritos y hasta se podía adivinar lo que parecía... Sí, sí, parecían estar escritos en griego.

Silvia estaba con los niños, en el dormitorio, entreteniéndolos un rato. Fui en su busca y le comuniqué mi hallazgo.

«¿Qué hacemos?», pensamos al unísono sin mediar palabra, una de esas cosas que suceden en los matrimonios cuando han pasado muchos años de convivencia. El estupor nos tenía paralizados. Los niños seguían jugando, ajenos a todo.

De pronto, tuve una idea.

—Voy a llamar a David —le dije. David es nuestro hijo, el mayor, el padre de la criatura que había causado el estropicio.

—¿A David? ¿Para qué? —contestó sorprendida mi mujer.

—Acuérdate de su amigo, Sergio, el que estudió arqueología. Hay que hacer algo y supongo que él podrá aconsejarnos.

—¿Y tiene que ser ahora? Estarán los dos en sus trabajos. No se les puede molestar.

—Voy a intentarlo —atajé y me dirigí al teléfono y marqué el número de mi hijo.

—¿Qué pasa? —me contestó, siempre tan cariñoso. Cuidamos a los hijos de pequeños; aguantamos su pubertad como si fuera una especie de enfermedad perniciosa; les ayudamos en todo lo que podemos; luego, nos dejan a sus hijos para que no perdamos la costumbre; nos usan de niñeras, de guardarropía, de servicio a domicilio y, si les llamas, te preguntan: «¿Qué pasa?», con un tono de «no me molestes», que le hace pensar a uno si no sería mejor vivir en una isla desierta.

—Nada, no te preocupes (como si se fuera a preocupar él), es que tu hijo acaba de romper el ánfora —le expliqué.

—Hombre, ya lo siento. —Por el tono estoy seguro de que no lo sentía en absoluto—. Pero... ¿por eso me llamas?

—No, no es por eso. Es que está llena de papiros o algo así —acerté a explicarle sin darle más detalles.

—¿Papiros?

—Sí, o eso parece. Escritos en griego.

—Ya. ¿Y qué quieres que haga yo? —me preguntó. Ahí aparecía de nuevo el hombre ocupado, todo dulzura.

—No, tú nada, pero algo hay que hacer. He pensado que igual me podías dar el número de tu amigo Sergio. Como él estudió arqueología, tal vez pueda ayudarme.

—Hombre, Sergio estudió eso, pero ahora trabaja en una agencia de viajes. No creo que pueda hacer nada.

—Ya estaba. Poniendo pegas. Si es que, lo dicho, un encanto...

—Ya, ya lo sé, pero ¿te importaría darme su número? Es que no se me ocurre otra cosa.

—Está bien.

Y me dio el número.

—¿Sergio?

—Sí.

—Soy Rovert, el padre de David.

—¡Ah! Hola, ¿qué tal? —Estoy seguro de que mi llamada lo desconcertó por completo. Pobre chico.

—Mira, te llamo por algo que me ha sucedido hoy. Verás, te cuento. Espero que puedas ayudarme. ¿Recuerdas ese ánfora que tengo en la entrada y que rescatamos del fondo del mar Rojo? —Seguro que lo recordaba. Era un tesoro que enseñaba a todo el mundo que dejaba entrar en mis dominios. Además, en esas ocasiones Silvia siempre apostillaba que fue una odisea que me monté, pero que igual el cacharro en cuestión estaba hecho anteayer; y nunca olvidaré que Sergio apostilló algo al respecto diciendo que era muy raro que una cosa que se suponía llevaba en el fondo del mar unos cuantos siglos estuviera en tan buen estado. Así que ahora le iba a dar en las narices, cosa que, no niego, me apetecía bastante.

—Sí, claro, ¿qué pasa con ella? —preguntó con un tono entre extrañado y curioso.

—Pues que se acaba de romper.

—Bueno, ya me daré una vuelta por tu casa, pero no creas que tengo una varita mágica...

—No, no se trata de eso. Es que está llena de papiros.

—¿Papiros?

—Sí, papiros, y yo diría que escritos en griego.

Silencio absoluto al otro lado de la línea.

—A ver. Solo se me ocurre una cosa. Si son papiros de cierta antigüedad, hay que preservarlos del medio ambiente, se pueden degradar con mucha facilidad.

—¿Y qué hago?

—Coge papel film de cocina y enróllalo alrededor de todo el conjunto procurando no apretar los papiros.

—No, siguen dentro, no se han salido. Se ven a través del agujero que ha quedado abierto.

—Bien, perfecto. Cúbrelo todo lo mejor que puedas. Esta tarde me doy una vuelta por ahí y ya veré qué podemos hacer. Al final va a resultar que sí que trajiste un tesoro, ¿eh?

—Pues sí, eso parece. Gracias, majo. Aquí estaremos esperándote.

A eso de las ocho de la tarde llegó Sergio. Los nietos ya habían regresado a sus hogares respectivos o, más bien, a sus dormitorios porque vivir, lo que se dice vivir, vivían con nosotros. David se había quedado para saludar a su amigo, o eso decía él. En realidad, creo que se quedaba para meter las narices, pero en este caso me pareció bien para que se fuera enterando de que su padre no era tan tonto como él creía.

Sergio echó un vistazo a esa ánfora rota y envuelta como una momia en papel film. Evidentemente, en esas condiciones era imposible averiguar lo que contenía, pero él no hizo ni siquiera la mención de desenvolver nada.

—¿Cuántos papiros crees que contiene? —me preguntó.

—Ni idea, no los he tocado, pero está completamente llena.

—Has hecho bien.

—¿Tienes alguna idea de qué hacer con ello? —terció David en la conversación.

—Hombre, así, a bote pronto, no. Tendré que hablar con algún excompañero de carrera. Creo que Javier estaba trabajando en el museo arqueológico. Hace tiempo que no sé nada de él, pero lo averiguaré.

—¿Y qué puede ser esto? —le pregunté yo.

—Pues hombre, no lo sé. Hay que examinarlo, datarlo, ver qué contienen esos escritos. Puede ser un listado de cualquier cosa, unas cuentas de un comerciante, unos documentos procedentes de la biblioteca de Alejandría, unos evangelios, cualquier cosa. Hay que empezar por datarlo y, luego, traducirlo.

—Pero... ¿no nos meteremos en un lío por haberlo sacado del país de forma ilegal? —preguntó Silvia, manifestando esa preocupación que siempre había mantenido.

—Hombre, no creo. Además, podéis haceros los inocentes. Al fin y al cabo, lo único que se puede demostrar es que a vosotros os llegó un ánfora que comprasteis en Egipto en vuestro viaje de novios. No hay por qué explicarlo todo —se apresuró a contestar Sergio para calmar a Silvia, que ya barruntaba numerosos problemas.

—¿Y no se puede hacer esto de una forma más discreta? No sé, que tu amigo lo investigue de manera personal o algo así —dije yo para tranquilizar a Silvia.

—No lo creo. Hacer estas cosas es un proceso costoso. Además, no creo que pueda utilizar determinados instrumentos sin que nadie se entere, ni que disponga del tiempo libre necesario para realizar las pruebas pertinentes.

—¿Qué nos aconsejas? —preguntó esta vez David, ya decididamente involucrado.

—De momento, dejadlo en mis manos. ¿Tenéis un trastero o algo parecido donde no haya mucha humedad y donde podáis dejarlo sin temor a que se deteriore?

—Hombre, podemos dejarlo en el trastero, sí. Hay muchas cosas, pero bueno, cabe. Ya lo pondremos en un lugar seguro —le contesté.

—En mi trastero hay más sitio —dijo mi hijo y lo ofreció generosamente. Claro que estaba más vacío. Todas las cosas de las que no quería desprenderse, pero que no sabía qué hacer con ellas, estaban en el nuestro...

—No, déjalo, aquí estará bien. No vamos a andar con ello de la Ceca a la Meca —me apresuré a decir.

Y así fue como mi hallazgo pasó a estar una temporada recluido entre una vorágine de cosas inútiles.

216

ENTRE FUNCIONARIOS

Al cabo de unos dos meses recibí una llamada de Sergio.

—¿Rovert?

—Sí.

—Soy Sergio, ¿qué tal?

—¡Ah! Bien, bien, ¿y tú? ¿Ya sabes algo?

—Sí. Hablé con mi amigo. Sigue trabajando allí y va a intentar ver qué se puede hacer. No te he llamado antes porque he andado liado, perdona. Pero a Javi lo llamé al día siguiente y me dijo que en cuanto tuviera un momento se pondría a ello. Me ha llamado ya. Dice que irá por tu casa dentro de diez días, a eso de las diez de la mañana. Espero que te venga bien, sino le aviso y concertamos otro día u otra hora.

—No, no. Está bien, a esa hora ya tenemos a los niños en casa. Silvia se puede quedar con ellos arriba, y yo bajo al trastero con él. Porque... ¿vendrá a llevárselo, no? —le pregunté. A mí eso de decir que tendríamos a los niños, a mis años, me sonaba ridículo, pero estoy seguro de que a él le parecía natural, como a mis hijos.

—Bueno, sí, claro. Tendrás que firmar un documento por el que le cedes la custodia del ánfora y su contenido al museo arqueológico a la espera de una datación y valoración de todo ello. Lógicamente, la propiedad sigue siendo tuya y no implica una cesión para posibles exposiciones futuras, o posteriores estudios si estos fueran necesarios.

—Oye, qué bien suena eso. Parece algo importante, ¿no?

—Bueno, es un museo y todo se hace de forma legal y previendo todas las posibilidades. Aunque ten en cuenta que en realidad te están haciendo un favor.

—No te entiendo —contesté preocupado.

—Bueno, la datación de documentos y pecios antiguos tiene un coste en materiales y tiempo que los museos no hacen así, por las buenas. Tiene que haber algún interés por parte del museo. En tu caso, no sabemos lo que hay en el interior del ánfora. Tiene buena pinta, sí, pero no tenemos ni idea de lo que pueden llegar a encontrar.

—¿Quieres decir que esto me puede costar dinero?

—Podría ser, pero, bueno, se trata de un amigo y va a proceder de forma un tanto fuera de la norma. Empezará por datar los documentos y el ánfora y por hacer un estudio previo de algunos de los textos que encuentre. Si el resultado es interesante, seguirán adelante, ya de manera oficial. Si no lo es, te lo devolverán todo, sin más. No te preocupes.

—Gracias. Pero oye si es interesante, ¿qué pasará con ello?

—No lo sé. Javi está más enterado, pero supongo que dependerá de esos primeros datos, y sin ellos no te puede avanzar nada.

—Bueno, pues muchas gracias. Te mantendré al tanto.

—Tranquilo, estaremos en contacto. De todas maneras, también Javi me irá contando cómo van las cosas.

Colgamos.

Nuestra vida siguió con las pautas habituales: lloros de niños, trastadas, pañales, madrugar todos los días sin saber por qué se me había ocurrido jubilarme; y así fue pasando el tiempo mientras esperábamos noticias del tal Javi.

Pasados los diez días, se presentó el joven en nuestra casa, muy puntual, todo hay que decirlo, pero parco en sonrisas y, eso sí, mostrando una gran profesionalidad. Me presentó varios documentos para que los firmara. Tenía que declarar que el objeto en cuestión era de mi propiedad, que no había sido conseguido de forma fraudulenta, que, a la espera de los resultados de su examen, podía generarse un préstamo o una cesión al museo, etcétera.

Mucho papeleo que me obligó a pensar si no me estaba metiendo en un buen lío, y que realmente no sabía por dónde me daba el aire.

Se llevó el ánfora, sin más, en una pequeña furgoneta. Se comprometió a mantenerme el corriente, pero también me previno de que la cosa podía ir para largo.

Cuando quise saber a qué se refería con eso de que «la cosa podía ir para largo», me dejó ya completamente fuera de juego. Las investigaciones iniciales podrían arrojar algún resultado en un período de entre dos y seis meses, dependiendo de cómo fueran el resto de trabajos pendientes. Si, a partir de ahí, se podían extraer unas mínimas conclusiones, se pondrían en contacto conmigo. En caso contrario, habría que esperar hasta hacer un examen más exhaustivo, lo cual podría tardar un tiempo indeterminado.

Sentí que mi tesoro se alejaba de mí para siempre. Casi lo despedí con lágrimas en los ojos; empezaba a pensar que hubiera sido mejor no haberlo encontrado nunca.

Volvimos a la rutina diaria. Más pañales, más lloros y poco tiempo para pensar. Cada vez que veía ese hueco en el recibidor me preguntaba si no tendría que hacerme a la idea de que, finalmente, habría que poner allí un jarrón comprado en los chinos para ocupar su ausencia.

Al fin, un anónimo día sonó el teléfono y una voz femenina preguntó por mí. La llamada era del museo. Se dio a conocer como la secretaria del Departamento de Investigación y Datación del museo y me preguntó si estaría disponible para acudir a sus oficinas tres días más tarde, a las cinco y media de la tarde.

Consulté mi agenda y decidí que si podía cancelar mi labor de cuidador infantil a jornada completa, la cita sería posible. Solo necesitaba que mi nuera, que salía de trabajar a las tres, me sustituyera esa tarde en mi agradable rato de ocio en el parque. Le contesté que en principio sí, pero que antes debía hacer una llamada y, más tarde, se lo confirmaría.

Llamé a mi nuera, le expuse el caso y quedamos en que ella acudiría al parque a las cinco y se ocuparía de los niños a partir de esa hora, permitiéndonos librar el resto de la tarde. Silvia, desde un primer momento, tuvo muy claro que quería acompañarme, por si me metía en un lío. Seguro. Enseguida, quedó todo arreglado porque he de reconocer que esta vez mis jefes-hijos fueron magnánimos. De todas formas, mi nuera no pudo evitar comentar que eso le suponía saltarse su clase de yoga, algo muy necesario para ella. Supongo que para librarse del estrés de tener que atender a un niño pequeño los fines de semana, o porque no salía a cenar con su marido, o porque no iba de viaje con su grupo de amigos... Por fin, pude concretar la fecha.

Llegó el día y yo me llevé a los niños al parque, a eso de las cuatro y media. Mi nuera vendría a las cinco y Silvia, también; luego, desde allí iríamos directamente al museo, que no quedaba lejos.

UN PEQUEÑO RETRASO

Llegué al parque. Mi nieto, el mayor, se agarraba con la mano a un lado del cochecito, en el que dormía plácidamente el pequeño. Confiaba en que su siesta fuera larga; ese día me importaba poco o nada si eso suponía una mala noche para sus padres, al contrario, así se enterarían de que tenían un niño.

Era un día caluroso, pero el parque está en un sitio muy agradable, rodeado de árboles, con amplias zonas de sombra y bancos para sentarse. Además, a esas horas la mayoría de los niños están en sus casas durmiendo la siesta, como debe ser, pero el nuestro, el mayor, había decidido que la siesta era para peques y que él ya no estaba en ese rango. De modo que estábamos prácticamente solos; un par de madres más con sus hijos. Ya nos conocíamos, claro. En ese horario, solo podíamos estar los habituales.

Me senté en un banco al lado de una chica que cuidaba a dos niños más o menos de la misma edad que mis nietos. Claro que ella cobraba por eso. Era simpática y, a veces, cuando la veía, me preguntaba yo si mis hijos, a cambio de cuidar a sus nietos, no podrían al menos llevarme alguna vez de vacaciones con ellos, o, mejor aún, si no les apetecería pagarme un billete de avión a la Cochinchina, sin fecha fija de vuelta. Me hallaba absorto en estas reflexiones, cuando vi a mi nieto corriendo, como siempre, y sin mirar, hacia el tobogán. Iba a pasar justo delante de los columpios, y uno de ellos estaba en movimiento, a toda pastilla, impulsado por una jovenzuela de unos siete años que se lo estaba pasando en grande.

Me levanté de mi asiento, al mismo tiempo que lo llamaba, pero fue demasiado tarde: el columpio chocó contra su cabeza y el niño cayó al suelo aturdido por el golpe. Lo levanté enseguida. El niño lloraba, como es natural; cuando lo levanté del suelo, vi que sangraba abundantemente de un lado de la cabeza.

La chica, que se había levantado a la vez que yo, enseguida se dio cuenta de todo y se ofreció a quedarse con el pequeño, mientras yo me llevaba al mayor a urgencias que, a Dios gracias, estaba cerca. Colocó un pañuelo a toda prisa sobre la herida y me dijo que lo mantuviera presionado, que no me preocupara, que ella esperaría allí, y si veía que se le hacía tarde, me llevaría a mi otro nieto a urgencias.

Un sol de chica, la verdad. Cogí al niño en brazos y empecé a caminar. Creo que eché a correr, pero me pareció que tardaba una eternidad. En cuanto llegué, el personal sanitario se dio cuenta de lo que sucedía y me pasaron a un cuartito de curas rápidas; me dijeron que esperara allí, que no tardarían mucho.

No tardaron, un cuarto de hora, quizás. Aun así, se me hizo eterno. Al final aparecieron dos enfermeras. El niño ya no lloraba, pero estaba asustado. Una de ellas se sentó y me pidió que le diera al niño. Lo tomó en sus brazos y empezó a examinar la herida.

—Bueno, vamos a ver qué tenemos por aquí. Te has hecho una buena brecha, ¿eh? Nada, no es nada. Unos puntos y a correr, pero la próxima vez debes ir con más cuidado, ¿vale? Ahora vamos a cortarte el pelo. No te quedará muy bien, pero luego lo tapamos para que no se vea, y ya está —le dijo en una especie de monólogo, pues parecía que en ningún momento esperaba una respuesta, ni del niño ni mía.

La otra enfermera empezó a hacer su labor de peluquera. Primero, con unas tijeras y, luego, con una maquinilla de afeitar para dejar la herida al aire. En ese momento, hizo un comentario, pero ni me fijé en lo que decía.

—¡Ay, estos abuelos! Si está usted peor que el niño. No se me ponga malo que con atender a uno tenemos bastante, ¿vale? —lo dijo con una sonrisa. Intentaba ser simpática, tranquilizarme, supongo. Después pensé. ¿Abuelo? ¿Tanto se me notaba? Y yo que creía que estaba hecho un chaval. Acababa de correr una maratón con el niño en brazos y me encontraba estupendamente. Además, no aparentaba mis años o, al menos, eso me decían todos. Y va y en un instante me deja mi autoestima por los suelos. ¡Hay que fastidiarse!

En ese momento, llamaron a la puerta. Eran Silvia y mi nuera, con mi nieto pequeño, que seguía durmiendo plácidamente.

—¿Qué ha pasado? —preguntó enseguida mi nuera.

Me disponía a responder, pero la enfermera, no menos rápida que mi nuera, impidió la conversación

—Nada, no es nada importante. Una herida de esas que los críos se hacen a veces. Ahora, le pondremos unos puntos..., y para casa. Hagan el favor de esperar fuera y luego se aclaran entre ustedes; esperen fuera hasta que terminemos.

—Yo soy su madre —insistió mi nuera.

—Pero si ya está aquí el abuelo. Esperen fuera. Tranquila —le insistió.

Y ahí me quedé yo mientras las enfermeras hacían su labor de costura.

El chiquillo se portó como un valiente. Se quejaba, pero no lloró. Y a mí se me ponían los pelos de punta al ver cómo iban pasando la aguja de un lado a otro, con el hilo detrás, haciendo nudos y cortando. Le taparon la herida y salimos todos a la sala de espera.

—Tranquilas —dijo una de las enfermeras—. El niño está perfectamente. Dentro de una semana vuelven para que le quitemos los puntos. No le laven la cabeza para no ablandar la herida; le pueden cambiar el apósito dentro un par de días. Betadine y ya está. Si quieren pueden traerlo aquí para que se lo hagamos, pero es solo quitar este apósito y poner otro. Pueden pedir cita en la entrada, para dentro de una semana.

—Pero... ¿está bien? ¿No habría que hacerle una radiografía o algo? —le preguntó mi nuera.

—Si tuviera algo, tendría otros síntomas —le contestó con cierta rutina en su voz—. De todas formas si vomita, se marea o algo por el estilo, entonces sí que deberían acudir al hospital. Pero no se preocupen, cosas de estas las vemos todos los días.

Y allí nos dejaron.

—Bueno, y... ¿qué ha pasado? —me preguntó mi mujer mientras nos dirigíamos hacia el mostrador donde se veía la cola para pedir cita.

Le conté lo del columpio, mi imposibilidad de llegar a tiempo para evitar el accidente... En fin, lo normal. Mi nuera callaba; por una vez estaba calladita.

—Pero... ¿cómo has dejado al pequeño con una desconocida? —insistió Silvia que aún reflejaba en su rostro el susto vivido.

—Mujer, no me quedaba otra solución. No podía salir corriendo con los dos. Esa chica ha sido muy amable. Enseguida se ha ofrecido. No te quejarás, encima. Además, no es una desconocida, nos conocemos desde hace tiempo, del parque.

—Pero podías haber llamado por teléfono al menos. Nos hemos encontrado con el pastel cuando hemos llegado al parque, y sin saber nada de nada.

—¿Tú crees que me acordaba yo del teléfono en ese momento? Lo que he hecho es salir corriendo con el niño en brazos para traerlo hasta aquí cuanto antes.

Entonces, se miraron las dos con esa mirada cómplice que ponen las mujeres cuando van a criticar al sexo contrario.

—¡¡¡Hombres!!! —dijeron al unísono. Y lo dijeron de tal manera que yo no sabía ya si sentirme ofendido porque me llamaban «hombre», o porque la enfermera me acababa de llamar «viejo».

Entonces se puso en marcha la logística.

—Pues, si os parece, ya que estoy aquí y ya he perdido la clase de yoga —tenía que decirlo, estaba claro que tenía que decirlo; mi nuera es así—, me llevo a los dos a mi casa y ya vendrán luego sus padres a recoger al peque. ¿Os parece?

—Sí, claro, hija —contestó mi mujer—. ¿Quieres que te acompañemos? ¿No necesitarás nada?

—Tranquila, yo por lo visto ahí dentro no contaba —dijo—. Ya me arreglaré. Ha sido un susto. Nada más. Mañana os dejaré al niño como siempre. Por cierto, ¿qué hacemos con lo de las curas?

—Pues como tú veas, pero para cambiar el apósito no es necesario traerlo. Lo podemos hacer nosotros.

—Vale, pues pedimos entonces cita para quitarle los puntos, y ya está. Yo es que para estas cosas no sirvo.

Me estaba yo preguntando para qué servía cuando, por fin, nos tocó a nosotros presentarnos ante el mostrador; pedimos cita para una semana más tarde.

Fue entonces cuando nos dimos cuenta de que con tanto lío eran ya más de las seis y media y no habíamos acudido al museo. Ni habíamos avisado, ni nada de nada.

—Es tardísimo —dijo mi mujer—. ¿No tienes el número aquí para llamarle ahora mismo a ese señor?

—Pues no, lo he dejado en casa.

—Vaya, pues estamos buenos. Solo nos faltaba que se enfade. Además, vamos a quedar como muy maleducados, y vete a saber qué tiene que decirnos. Si ya te dije yo que ese cacharro nos iba a traer líos.

Mi mujer siempre tan animosa.

—No te preocupes, mujer. Eso es lo de menos. Todo se arreglará. Por mí, como si quieren quedárselo.

Regresamos a casa. Eran más de las siete cuando entrábamos por la puerta. Llamé por teléfono y, claro, ya estaba cerrado.

Tuvimos que esperar al día siguiente. Hablé con la secretaria de marras, le pedí mil disculpas. Ella, por su parte, me hizo saber que su jefe era un hombre muy ocupado; cuando le expliqué la situación, quedó en llamarme para darme otra cita, no sin insistir en que llevara el teléfono apuntado y avisara antes con el móvil si sucedía cualquier imprevisto, que para eso están.

LA RESOLUCIÓN

Volvió a llamarnos a la semana siguiente para darnos una nueva cita. Otra vez mi nuera tuvo que faltar a su clase de yoga, como no pudo evitar señalar, pero esta vez pudimos acudir sin problemas. El niño, bien, gracias.

Llegamos al museo, preguntamos por él, y, después de dar más vueltas que un tiovivo por pasillos y más pasillos, localizamos su despacho.

Era un despacho funcional pero no carente de elegancia. Por todas partes había indicadores de dónde nos hallábamos. Figuras fenicias, romanas, griegas, cuadros de innegable antigüedad, etcétera, daban prestancia al lugar.

El hombre rondaría la cincuentena, era delgado, tenía buena presencia, canas, gafas, tez morena como si acabara de venir de vacaciones...

Se presentó, nos tendió la mano y nos invitó a tomar asiento. La conversación que mantuvimos fue más o menos como sigue.

—Así que ese ánfora que tenemos es de su propiedad y ha estado con ustedes los últimos treinta años, ¿no es así?

—Sí, sí. ¿Qué han encontrado? ¿Qué puede decirnos?

—Vayamos por partes. ¿Cómo llegó a su poder?

—La compramos en Hurgada, en una tienda del zoco turístico que había allí. Ellos se encargaron de mandárnosla a casa.

—O sea, que no saben nada de su procedencia.

—No, eso es todo lo que sabemos nosotros. —A todo esto, Silvia no decía ni mu.

—Con los objetos antiguos es muy importante saber su procedencia. Saber de dónde procede nos da una pista de la verosimilitud de su contenido. En este caso, es muy importante, desde luego.

—Nosotros la compramos en una tienda, no sabemos nada más.

—Hay un problema. Un problema muy sospechoso. El ánfora es actual.

—¿Cómo dice?

—Pues eso, que el ánfora se hizo como mucho hace cuarenta años. Sin embargo, su contenido ya lo hemos datado en el siglo III d. C.

—Entonces, ¿lo que tiene valor es su contenido?

—Así es. De hecho, las ánforas de esa época abundan mucho. No tienen un gran valor. Sin embargo, su contenido hay que datarlo y valorarlo; por eso es tan importante conocer su procedencia.

—Bueno, alguien lo metería ahí.

—Y ahí radica el problema. Se trata, sin duda, de un mercado negro de antigüedades, y eso hay que investigarlo. En esa tienda, pueden estar haciendo contrabando de antigüedades; hay que comunicárselo al Gobierno egipcio. Supongo que ustedes ya no conservarán la factura, pero recordarán la tienda. Bueno, aunque en el zoco de Hurgada solo hay una tienda que se dedique a la venta de ese tipo de manufacturas. Tiene que ser esa.

—Bueno, nosotros la compramos hace treinta años. Tal vez, la tienda aquella ni exista.

—No lo crean. Existe. Este tipo de comercios pasan de padres a hijos; y si en el pasado se dedicaron al contrabando de antigüedades, lo más probable es que sigan haciéndolo. Si ustedes me aseguran que esa fue la manera en que llegó hasta su poder, nos pondremos en contacto con el Gobierno egipcio para que actúe en consecuencia.

A mí, un color se me iba y otro se me venía. ¿Cómo iba yo a provocar ese perjuicio a personas que no tenían nada que ver con el asunto?

—Será mejor que digamos la verdad, Rovert —dijo Silvia en voz alta.

—¿Qué verdad? —preguntó curioso el arqueólogo.

—Bueno, lo cierto es que la sacamos del mar —dije yo, con una voz apenas audible.

—Cuénteme eso.

Y se lo conté. Todo, o casi todo. De cabo a rabo. Se quedó un rato pensativo.

—O sea, que la sacaron del mar.

—Sí.

—Y la han mantenido todos estos años en su casa sin saber lo que contenía.

—Sí.

—De manera que se hallaba bajo el agua. No sabemos cuánto tiempo, pero debió ser poco; por el estado en que se encuentra, poco.

Hice un gesto de aprobación a la vez que de ignorancia.

—Entonces, ¿cómo explica la etiqueta que tenía adherida? Se ve que es de la misma época que el ánfora, pero les puedo asegurar que no ha sido sometida a ninguna inmersión en agua de mar.

—¿Qué etiqueta?

—Una etiqueta dorada, pequeña, que dice «Made in Egypt»; por lo visto, también lleva treinta años puesta sobre el ánfora.

Y aquí Silvia empezó a reír. A reír a carcajadas. Sin poderse contener. A veces intentaba hablar, pero no lo conseguía; se limitaba a señalarme con el dedo. No sé si era risa nerviosa o..., pero no podía parar. Los dos la mirábamos estupefactos, a la espera de que nos diera una explicación.

El señor del museo estaba más intrigado que yo que, al fin y al cabo, sabía por dónde venían los tiros, aunque no me parecía momento de risas.

Por fin, hizo una profunda inspiración y consiguió hablar:

—Anda, cuenta lo de la etiqueta —dijo.

Entonces, no me quedó más remedio que contarle (más rojo que un tomate) cómo esa etiqueta se la había puesto yo personalmente, como una genialidad para pasar por aduanas.

—Bueno, por su parte, está todo aclarado. De todas formas, les aconsejo que cuando vayan de viaje por el extranjero se limiten a traer recuerdos de una procedencia totalmente normal. Compren en las tiendas para turistas y no jueguen a ser arqueólogos.

—¿Nos puede decir algo de esos documentos?

—De momento, poco más puedo decir. Se trata de un escrito en griego del siglo iii d. C. Lo que sí sabemos ya es que se refiere a sucesos muy anteriores. De hecho, al reinado de Tutmosis III. Unos mil quinientos años antes de nuestra era. En principio, podría ser una copia de un documento de esa época, escrito por Tjaneni, el escriba real de Tutmosis III, pero todavía nos hallamos en la fase preliminar. Al no saber su procedencia, tampoco podemos avanzar mucho. Tendrán que estudiarlo egiptólogos especializados en ese período. Puede ser una novela, un cuento para niños, una recopilación de copias de escritos de la época de Tutmosis... Puede ser muchas cosas. Hay que traducirlo en su totalidad y ver si coinciden los datos que aporta con los que ya conocemos. En fin, hay mucho trabajo y en este museo tenemos otras prioridades, otras cosas más acuciantes que solucionar. Todo se andará. De momento, estén tranquilos. Trabajaremos en ello con nuestros becarios y, poco a poco, iremos traduciéndolo. Luego ya veremos. Ya les informo de que pueden estar contentos con tener amistades que aquí valoramos mucho, porque este trabajo igual no nos lleva a ninguna parte, y eso tiene un coste que, para su información, no se les va a cargar a ustedes. Si surge algo interesante, si el museo puede estar interesado en hacer algo con ello, espero que en su día se muestren agradecidos.

Dicho esto, me miró inquisitivamente.

—Por supuesto. Les agradecemos todas sus molestias. Y les quedaremos eternamente agradecidos.

—Cuidado. Estamos hablando de Egipto. En este contexto, la mención a la eternidad es vinculante —dijo, con gran misterio. Terminó con una cordial sonrisa y nos despidió dejándonos a la espera, larga espera, de próximas noticias.

Pasaron como dos años desde aquella conversación cuando por fin nos volvieron a llamar.

Nuestros nietos habían crecido. Nuestra rutina había cambiado con ellos. El mayor ya iba al colegio y nos ocupábamos de llevarlo y recogerlo. El pequeño era ahora el que andaba rompiendo trastos por la casa. Seguimos acudiendo al parque sin que volviera a interponerse en nuestra vida ningún otro columpio. Mi nuera dejó el yoga y se apuntó a clases de pintura. Son muy relajantes, por lo visto. Los dos primeros cuadros que ha pintado nos los ha regalado a nosotros, muy generosa ella. Sin marco, claro. Nos dijo que con un marco elegante (donde dice elegante, léase caro) y en el salón quedarían preciosos. Naturalmente están en el salón con un marco «elegante». Supongo que cuando aprenda a pintar mejor empezará a decorar su casa. Y mi mujer, contenta. Pobre.

Acudimos puntuales a la cita. Esta vez no había nada que nos preocupara. La situación, por nuestra parte, quedó aclarada y solo nos faltaba que nos dijeran qué era lo que había en aquellos documentos.

Abreviando: los papiros podrían ser una traducción de un texto anterior, escrito por Tjaneni, el escriba de Tutmosis III. Era una especie de autobiografía en la que contaba los hechos que le sucedieron a su señor. Pero había algunas incongruencias. Nombres que no se citaban y eran importantes en la época. O nombres que se daban de ciertos cargos conocidos y que, sin embargo, no coincidían. Alguna diferencia cronológica. Personajes que se señalaban como de gran importancia y de los que no tenemos noticia...

En fin, el texto era dudoso. Si hubiéramos sabido su procedencia, habría cambiado mucho. Por ejemplo, podía ser una copia procedente de la biblioteca de Alejandría antes de su desaparición, que fue precisamente en el siglo III, pero al no poder asegurarlo, su valor, como he dicho, era dudoso, lo miráramos como lo miráramos.

Con el museo, acordamos que conservarían el texto íntegro para estudios posteriores, como fondo del museo. A mí me facilitarían una copia del original junto con una traducción íntegra. Me pareció bien.

Asimismo acordamos que yo podía hacer el uso que considerara oportuno de dicha traducción, y de ahí surgió este libro.

No sabemos si es cierta o no, pero la historia resulta interesante y, a mi entender, bastante verosímil.